# la prison d'amour

*Barbara Cartland est une romancière anglaise dont la réputation n'est plus à faire.*

*Près de trois cents romans variés et passionnants mêlent aventures et amours.*

*Les* Éditions J'ai Lu *en ont déjà publié plus de cinquante que vous retrouverez dans le catalogue gratuit disponible chez tous les libraires.*

*Désormais les* Éditions J'ai Lu *publient également* Les romans préférés de Barbara Cartland, *un choix des livres qui ont enchanté sa jeunesse.*

BARBARA CARTLAND

# la prison d'amour

traduit de l'anglais par Jean-Louis Lassère

Éditions J'ai Lu

*Ce roman a paru sous le titre original :*

LOVE LOCKED IN

# 1

La duchesse de Savigne leva les yeux vers Son Éminence le cardinal de Rochechant, son cousin, qui était assis en face d'elle, et demanda d'une voix tremblante :

– Aristide... Qu'a-t-il encore fait?

– C'est précisément ce que je suis venu vous dire, ma chère, répondit le cardinal.

– Je m'en doutais! dit-elle tout bas. Je savais que vous n'aviez pas fait tout ce chemin depuis Paris pour le seul plaisir de me voir.

Cette remarque fit sourire le cardinal.

– Vous ne rendez guère hommage à ma fidélité! Moi qui viens vous voir chaque fois que j'en ai le temps! Mais j'avoue qu'aujourd'hui, le motif de ma visite est plus grave.

La duchesse joignit les mains. Des veines bleues transparaissaient sous sa peau blanche et ses bagues semblaient trop lourdes pour ses doigts fluets.

– Dites-moi la vérité, Xavier. A quel nouveau scandale Aristide est-il encore mêlé?

– Vous désirez vraiment le savoir?

– Je sais que, de toute façon, vous me l'apprendrez. Alors épargnez-moi vos belles phrases et cessez de chercher à ménager ma sensibilité.

Lc cardinal hésita un moment avant de lancer :

– Aristide est en train de salir le nom de Savigne et d'en faire un synonyme d'outrage, de scandale et de vice.

La duchesse eut un sursaut de surprise, bien qu'elle se fût attendue au pire. Une larme coula le long de sa joue et c'est d'une petite voix qu'elle dit au cardinal :

– Dites-moi tout.

La duchesse avait été très belle, mais une longue maladie avait émacié et pâli son visage.

Le cardinal, qui ne l'avait pas vue depuis plusieurs mois, la trouvait très affaiblie. Il pensait pourtant que son devoir était de l'informer de ce qui se passait à Paris et de lui demander son aide. Nul mieux que lui ne percevait le mal que des aristocrates, comme le duc de Savigne, faisaient à leur pays. Leur attitude extravagante et leurs fêtes continuelles provoquaient une haine croissante de la population.

La « Terreur Blanche », après Waterloo, avait été peu de chose comparée avec la révolution de 1792. Mais la révolution de 1830, qui venait d'avoir lieu, avait provoqué une réelle inquiétude parmi les gens du peuple.

Pour protester contre le pouvoir réactionnaire de Charles X, le peuple de Paris s'était mis en état d'insurrection. La Bourse avait été incendiée, l'arsenal et la poudrerie de la Salpêtrière étaient tombés aux mains des insurgés. Le Louvre et les Tuileries avaient été pris d'assaut.

Les troupes occupaient les quartiers qui s'étaient soulevés, mais elles n'étaient d'aucune efficacité dans les rues étroites où l'adversaire trouvait un refuge idéal.

Des centaines de barricades avaient transformé Paris en camp retranché.

Le roi Charles X avait dû abdiquer, et le duc d'Orléans, Louis-Philippe, avait été appelé à prendre sa place afin de rétablir l'ordre.

Son succès dépendait avant tout de son habileté à gagner la confiance du peuple, mais la conduite scandaleuse de certains nobles, comme le duc de Savigne, ne facilitait pas les choses.

Résignée, la duchesse attendait que le cardinal lui donnât des détails.

– Les orgies qu'Aristide organise tous les soirs, les maîtresses avec lesquelles il s'affiche dans Paris, les cadeaux somptueux qu'il leur fait, tout cela exaspère une masse de gens affamés.

– Vous craignez un retour de la violence? demanda la duchesse avec anxiété.

– Nous avons de fortes chances de voir un nouveau conflit éclater. Le seul moyen de l'éviter, me semble-t-il, c'est que les nobles qui ont réintégré leurs châteaux et repris leur juste place dans la société sachent montrer l'exemple à ceux qui ont souffert si durement au cours des six dernières années.

– Vous avez raison, Xavier, dit la duchesse. En avez-vous parlé à Aristide?

Le cardinal eut un rire grinçant.

– Ma chère Louise, le croyez-vous disposé à m'écouter? Il dit à qui veut l'entendre que la religion a fait son temps! Je ne crois pas qu'il ait assisté à une messe depuis dix ans...

La duchesse porta des mains tremblantes à son visage.

– Comment mon fils peut-il en être arrivé là?

– Je suppose qu'il faut en chercher l'origine dans ce fâcheux événement qui a marqué sa vie...

La duchesse ne répondit rien, mais tous deux pensaient à cette tragédie qui avait assombri la jeunesse d'Aristide, transformant un jeune homme charmant et heureux en un homme cynique et amer.

– Les scandales succèdent aux scandales! enchaîna le cardinal. Voici quinze jours, une jeune femme, célèbre dans le monde du théâtre – bien que j'hésite à lui attribuer le titre d'actrice – a tenté de se suicider.

La duchesse poussa une exclamation d'horreur mais le cardinal continua sans se troubler :

– Cette femme a fait une confession depuis, publiée dans tous les journaux. Elle y déclare que la dureté d'Aristide de Savigne l'a conduite à commettre ce geste désespéré.

– A-t-elle été sa maîtresse? demanda la duchesse.

– Une parmi tant d'autres! Apparemment, il l'a congédiée de manière cruelle et elle a voulu mourir, pensant que sa vie n'avait plus de sens.

– Les femmes... Toujours les femmes! murmura la duchesse.

– Aristide a trente ans, reprit le cardinal. Il est

temps qu'il se marie et songe à sa descendance. Vous savez comme moi, Louise, que sans héritier, ses titres et ses terres iront à ce cousin qui vit à Montmartre en compagnie d'artistes, et qui se dit républicain, hostile autant aux titres qu'à la notion de propriété.

La duchesse eut un geste de désapprobation, tandis que le cardinal continuait :

– Dieu sait ce que deviendra le domaine s'il en hérite...

– Aristide sait-il tout cela?

– Bien entendu! Mais pour tout vous dire, il s'en moque. (Le ton du cardinal se fit plus sévère.) Je crois qu'il n'attache pas la moindre importance à quoi que ce soit. Pas même aux femmes dont il s'amourache, puisqu'il les abandonne dès qu'il se lasse d'elles, sans se soucier de leurs sentiments.

– Comment pourrions-nous le convaincre de se marier?

– Je n'en ai aucune idée, ma chère Louise. Ce serait pourtant la seule solution pour le tenir éloigné de Paris. Il est une figure de la société et sa notoriété lui est néfaste. On parle trop de lui dans la presse à scandales, Louise, et vous savez ce que cela veut dire!

La duchesse soupira.

– J'ai prié souvent pour qu'Aristide se marie et me donne un petit-fils, ou mieux encore, plusieurs petits-enfants. J'ai toujours regretté de n'en avoir eu qu'un...

– Au moins Léon vous a-t-il quitté heureux, en sachant qu'il avait un fils.

– Que dirait-il s'il voyait ce que son fils est devenu?

– C'est pourquoi nous devons faire quelque chose, Louise.

– Acceptez-vous de lui parler de son mariage?

Le cardinal fit un signe de la tête.

– Non, Louise, c'est à vous qu'il appartient de le faire.

Il se leva de son fauteuil et s'approcha de la fenêtre.

Comme il avançait dans sa grande robe rouge sur le beau tapis de la Savonnerie, un rayon de soleil vint éclairer les meubles et les bibelots précieux.

Par miracle, les hordes révolutionnaires qui parcouraient les campagnes sous la Terreur avaient épargné le château des Savigne.

Le grand-père du duc actuel avait alors dissimulé la plupart des trésors de la famille dans un endroit que les pillards n'avaient pu découvrir.

Ces précieux objets avaient retrouvé leur place et le château était désormais l'un des plus beaux de France. Le cardinal aimait cette maison où il venait depuis le mariage de sa jolie cousine avec le duc.

Son regard parcourut le parc, où des biches flânaient sous les arbres et s'attarda sur le tracé de la Loire, qui se frayait au loin un chemin argenté entre les bosquets.

Des châteaux splendides se dressaient alentour et plus particulièrement sur les deux rives du fleuve.

Après avoir, au XVe siècle, été chassé de Paris par les Anglais, Charles VII venait faire de longs séjours à Tours et dans les grandes demeures des environs. Son amour pour la Touraine fut partagé par les rois qui lui succédèrent sur le trône.

La présence du roi dans les pays de la Loire incita les nobles de la cour à s'y installer et un nombre croissant de châteaux s'élevèrent aux abords du fleuve. Chacun voulait que sa résidence fût la plus prestigieuse.

Ainsi certains de ces châteaux, simples forteresses médiévales à l'origine, se muèrent sous la Renaissance en joyaux d'architecture ornés de riches sculptures.

Après l'émigration provoquée par la Révolution, leurs propriétaires étaient rentrés en possession de leurs biens, mais des biens souvent saccagés et qu'il avait fallu remettre en état.

Tous ces efforts avaient porté leurs fruits, pensait le cardinal. Pourquoi le duc de Savigne ne pouvait-il imiter ses pairs en retournant à ses propriétés?

Il se souvint que la duchesse attendait et quitta la fenêtre pour revenir auprès d'elle.

– Je ne vois qu'une personne, Louise, qui pourrait faire comprendre à Aristide ce que l'on attend de lui. Et cette personne, c'est vous!

– Mais comment? Pourquoi m'écouterait-il? Il y a tant d'années que je n'ai plus la moindre influence sur lui!

– Il me semble, bien que je puisse me tromper, qu'il vous est toujours très attaché, à sa façon. S'il apprenait que vous êtes en train de mourir, Louise, cela pourrait le ramener à la raison.

– En train de mourir! s'exclama la duchesse.

Elle regarda le cardinal avec incrédulité. Il approcha son fauteuil du sien et s'assit auprès d'elle.

– Maintenant, écoutez-moi, Louise... commença-t-il.

La soirée avait commencé dans le calme mais elle était en train de devenir très bruyante.

Le somptueux dîner de cinquante couverts avait largement contribué à la gaîté des convives. Hommes et femmes étaient au comble de l'excitation. Les dames n'avaient pas quitté la table. Elles ne faisaient rien pour dissimuler les attributs de leur beauté à leurs partenaires masculins.

Au bout de la table, assis dans un grand fauteuil portant ses armes, le duc de Savigne observait ses invités. Son expression était étrange et ses yeux brillaient d'un éclat indéfinissable.

Ses amis qui pourtant le connaissaient bien, s'étonnaient de l'air blasé et distrait qu'il affectait en leur compagnie. Deux jolies femmes, célèbres pour leur charme, encadraient le duc. Elles lui parlaient à l'oreille et découvraient largement leur gorge en se penchant.

Les rires devenaient plus bruyants mais ne parvenaient pas à couvrir les sonorités de l'orchestre installé dans la galerie au bout de l'immense salle à manger.

L'hôtel particulier du duc était l'un des plus beaux du quartier des Champs-Elysées. Peu de gens passaient devant sans s'attarder quelques instants devant les grilles à pointes dorées, cherchant à entrevoir les grands salons que les chroniqueurs de journaux décrivaient volontiers dans leurs articles.

La soirée qui se déroulait en ce moment, serait sans doute relatée dans *Le Temps* et *Le Figaro* pour le plus grand embarras de certains invités qui ne tenaient pas à voir leurs noms mentionnés. Il était bien difficile en ces jours de trouble de savoir de quel côté était la presse!

Celui qui dénoncerait ces excès nocturnes pouvait tout aussi bien être des leurs. Quelqu'un de leur sang ou tout au moins quelqu'un de leur monde.

– J'ai quelque chose à vous dire, mon cher duc, dit à Aristide la jeune personne qui était à sa droite. C'est horrible et cruel, mais je crois que cela vous fera rire.

– J'écoute, répondit le duc d'un air las.

– Ne l'écoutez pas, intervint une jeune femme qui était à sa gauche. Ce qu'elle va vous dire me concerne et je peux vous jurer que ce n'est pas vrai. Promettez-moi de ne pas la croire!

– Comment puis-je promettre avant d'avoir entendu ce qu'elle a à me dire?

– Je vous assure qu'il n'y a pas un mot de vrai dans tout cela. Ce qu'Aimie ne sait pas, elle l'invente!

– Laissez-moi au moins le loisir d'en juger, dit le duc.

– Après tout, pourquoi pas, dit Rosette. Je suis sûre que vous allez me trouver innocente.

Elle lui lança un regard provocant, auquel il répondit par un sourire cynique.

– J'en doute, Rosette! répondit-il. Néanmoins, je suis prêt à écouter.

Aimie se pencha vers lui pour lui parler à l'oreille, au moment où plusieurs invités se levaient pour aller danser.

Les danses étaient plutôt celles d'un bal de réputation douteuse que d'une soirée mondaine. Les hommes qui ne dansaient pas étaient occupés à caresser les épaules de leurs compagnes. Obéissant à l'habitude, les serviteurs commençaient à éteindre les chandelles, à l'exception de celles qui éclairaient l'orchestre. Les deux personnes qui murmuraient à l'oreille du duc des choses qu'il devait être seul à entendre furent alors interrompues par l'arrivée d'une femme rayonnante dont l'apparition, sur la scène du théâtre des Variétés, venait d'émouvoir le Tout-Paris.

La pièce qu'elle jouait venait à peine de se terminer et son retard l'empêcha de prendre place à côté du duc, comme elle l'aurait voulu.

Elle s'avança pourtant vers lui d'un pas très ferme, avec l'intention de s'assurer l'exclusivité de ses caresses.

– Monsieur! dit-elle en roucoulant, vous me délaissez!

– Jamais bien longtemps, ma chère Suzanne, lui répondit-il.

– Alors, éloignez ces gourgandines et écoutez-moi. (Aimie et Rosette la fusillèrent du regard.) Que leur trouvez-vous donc, vous qui êtes toujours à la recherche de ce qu'il y a de plus beau et qui vous piquez d'être connaisseur?

Le duc semblait beaucoup s'amuser et ne disait mot.

– Si vous suiviez l'avis des gens de goût, reprit Suzanne, vous n'hésiteriez pas à me décerner « la Pomme d'Or ».

– C'est votre opinion, Suzanne, pas la nôtre, dit Aimie d'un ton sec.

Suzanne la regarda avec mépris.

– Eloignez-vous, Suzanne! dit Rosette. Nous sommes en train de distraire Monsieur et nous sommes lasses de vous entendre claironner comme un coq sur un tas de fumier.

Suzanne prit une pose dramatique et regarda le duc, avec un air de défi.

– C'est à vous d'en décider, monsieur, dit-elle avec une douceur affectée, non sans accentuer le mouvement de ses lèvres.

Aimie et Rosette le regardaient aussi. Toutes les trois, visiblement, attendaient son verdict.

– Dans l'Antiquité, dit lentement le duc, lorsque Pâris avait à choisir entre deux déesses, il exigeait qu'elles donnent des preuves visibles de leur charme.

Il y eut un moment de silence. Alors, Suzanne, avec un petit rire, prit une pose très provocante. Aimie et Rosette l'imitèrent aussitôt. Le duc ne fit pas le moindre geste, mais demanda d'une voix paresseuse :

– Et que signifie « la Pomme d'Or » dans votre jeu?

– Passer toute la nuit avec vous, monsieur, dit Suzanne.

Le duc considéra les trois jeunes femmes qui se tenaient debout devant lui. Chacune d'elles semblait certaine d'être la gagnante de ce concours improvisé.

En fait, peu de détails les distinguaient les unes des autres. Peut-être Suzanne avait-elle la taille plus mince, mais sa jambe était moins fine que celle de Rosette. Cependant, la poitrine d'Aimie était plus généreuse.

Le duc leur dit enfin d'une voix lasse :

– La décision la plus diplomatique que je puisse prendre, c'est de me diviser en trois parts égales. Fort heureusement, mon lit est assez large pour vous accueillir toutes les trois!

Les trois femmes parurent étonnées de cet arrangement mais acceptèrent sans réserve. Le duc promena son regard sur ses invités, et songea à ce que les journaux du lendemain pourraient en dire : « Une orgie à la romaine chez le duc de Savigne ».

Suzanne s'approcha de lui :

– Qu'attendons-nous? demanda-t-elle.

Il la regarda fixement et répondit en faisant la moue :

– Vous êtes bien impatiente, Suzanne! Vous êtes toujours avec moi!

– C'est vrai que vous me rendez impatiente! Je suis prête à montrer à ces petites grues combien elles sont stupides!

Le duc allait lui répondre lorsqu'un valet portant la tenue écarlate des Savigne s'approcha de lui.

– Ceci vient d'arriver par porteur, monsieur le duc, dit-il en tendant une lettre sur un plateau d'argent.

Le duc jeta un regard dédaigneux sur le pli et s'apprêtait à renvoyer le serviteur, lorsque celui-ci ajouta :

– Le messager venait du château de Savigne, monsieur le duc.

Dès les premières lignes de la lettre, le duc se leva brusquement.

Sans un mot pour les trois femmes qui attendaient un signe de lui, sans même un regard pour elles, il leur tourna le dos et quitta la pièce, suivi par le valet.

Son Eminence le cardinal de Rochechant, confortablement installé dans sa voiture, traversait le pays de Loire et admirait une fois de plus les charmes de ce que l'on appelait fort justement « le Jardin de la France ».

Tout ne lui paraissait que douceur et beauté et, il ne pouvait s'empêcher de rapprocher cette impression du sourire de la Mona Lisa de Léonard de Vinci car le maître avait vécu dans un petit château tout près d'Amboise. Bientôt, pensait le cardinal, les chaleurs de l'été feront de la Loire une succession de petits canaux qui courront parmi les bancs de sable... Puis les vendanges de l'automne, produiront ces vins légers et délicieux qui sont l'enchantement du palais.

Hélas, pour lui, l'heure n'était pas à l'émerveillement, car il avait reçu le matin même des nouvelles inquiétantes.

Il avait délibérément retardé son retour à Paris pour attendre que la duchesse lui communiquât les renseignements dont il avait besoin et séjournait depuis peu au château de Blois.

Ce dernier avait été résidence royale, et le cardinal en appréciait le confort, mais il ne pouvait s'empêcher de penser au drame qui se déroulait sans doute au château de Savigne. En recevant la lettre de sa mère, le duc avait sûrement quitté Paris pour être auprès d'elle le plus tôt possible.

Château de Savigne le 12 mai 1852

Mon cher fils,

Je suis très malade et je ne crois pas que je serai encore bien longtemps de ce monde. Je te supplie de venir me voir le plus tôt possible, car je ne voudrais pas mourir avant d'avoir vu une dernière fois ton cher visage et avoir entendu ta voix aimée.

Pardonne-moi si je t'oblige à quitter Paris à un moment où tant de choses t'y retiennent, mais je prierai Dieu afin qu'il me laisse la vie jusqu'à ce que je puisse te serrer encore une fois dans mes bras.

Reçois, mon cher Aristide, mes baisers les plus tendres et les plus maternels.

Louise de Savigne.

Le duc n'attendit pas que sa voiture fût prête. Il partit sans prendre la peine de rassembler l'impressionnant équipage qui l'accompagnait habituellement dans ses déplacements et qui apparentait son convoi à celui d'un prince. Cette fois-ci, ce fut avec la seule compagnie de son intendant et de deux palefreniers qu'il quitta Paris au point du jour et gagna la campagne en direction de Tours.

L'intendant du duc de Savigne était un de ses plus fidèles amis, l'un des rares qu'il pût associer à des événements aussi personnels. Pierre de Béthune était le fils d'un gentilhomme que la révolution avait privé de tous ses biens. Il menait une existence précaire dans les bas-fonds de la capitale lorsque le duc – qui le connaissait depuis l'enfance –

l'avait rencontré et l'avait pris à son service. Pierre avait alors donné toutes les preuves d'une dévotion sans limites et il était devenu le confident du duc.

Ils faisaient route vers Tours, sans un mot. Soudain, Pierre se tourna vers son maître et lui dit en souriant :

– Voilà qui chasse les vapeurs d'alcool, n'est-ce pas, monsieur?

– C'est précisément ce que je me disais à l'instant!

Le soleil se levait, recouvrant la campagne d'une lumière dorée.

– Vous rendez-vous compte, monsieur, dit Pierre, que c'est ma première visite au château de Savigne?

– La première? Eh bien, nous verrons ce que tu en penses. C'est une immense bâtisse qui, je crois, ne manque pas de charme...

Leur conversation s'arrêta là et après avoir galopé toute la journée, ils s'arrêtèrent dans une auberge médiocre pour y passer la nuit. Pendant le dîner, Pierre reprit ses questions sur le château.

– Pourquoi y allez-vous si rarement, monsieur?

– Cela m'ennuie.

– Je ne comprends pas. Vous aimez les voyages et qui d'autre à Paris peut voyager dans d'aussi bonnes conditions? De plus, j'ai le sentiment – bien que vous ne me l'ayez jamais dit – que vous aimez la campagne.

– Ce n'est pas très original! Vous savez, Pierre, que s'il est une chose que je cherche à éviter par-dessus tout, c'est bien la lassitude!

– Parlez-moi de votre maison.

– Que voulez-vous savoir de plus? Comme dans

beaucoup de châteaux il y a des tourelles et sa situation dans un endroit très abrité a permis la croissance de palmiers dans le jardin. En dehors de ces détails, Louis XVI y a dormi une nuit et sa chambre – qui est maintenant la mienne – n'a pas changé depuis cette date.

– Comme vous avez dû aimer cette maison quand vous étiez jeune! s'extasia Pierre.

Le duc resta silencieux un moment puis dit d'un ton las :

– C'est si loin que je ne m'en souviens pas.

Mais Pierre savait qu'il mentait.

Ils arrivèrent à Savigne tôt dans la matinée. Pierre n'avait jamais rien vu d'aussi beau. Le château semblait tout droit sorti d'un conte de fées avec ses jardins en terrasses qui descendaient jusqu'à la rivière, ses toits en poivrières et ses immenses cheminées découpées sur le ciel bleu.

Ils s'arrêtèrent devant l'entrée principale où plusieurs valets les accueillirent. Le duc descendit de cheval et, sans perdre une minute, gravit les marches du perron.

– Soyez le bienvenu, monsieur le duc, lui dit le maître d'hôtel.

– Conduisez-moi auprès de madame la duchesse.

Le serviteur le précéda dans le vieil escalier de chêne et le long du couloir qui menait à l'aile sud où sa mère s'était installée depuis la mort de son mari.

Une servante lui ouvrit la porte après s'être inclinée respectueusement et le duc pénétra dans la chambre en retirant ses gants.

La duchesse reposait dans son lit à baldaquin.

Elle paraissait très menue au milieu des grands oreillers bordés de dentelle et son visage était aussi blanc que l'hermine qui recouvrait le lit.

– Mon fils!

Elle lui tendit les mains. Il les prit dans les siennes et les baisa avec ferveur.

Comme le cardinal, le duc était frappé par l'apparence maladive de sa mère. Elle ressemblait à un fantôme.

– Je me suis mis en route dès que j'ai reçu votre lettre, maman.

– Merci, mon cher enfant. J'ai prié pour que tu puisses me revoir.

– Vous avez vu les plus grands docteurs. Ne peuvent-ils rien pour vous?

– Ne sois pas inquiet pour moi. Je serai bientôt auprès de ton père comme je l'ai tant souhaité depuis sa mort.

Le duc serra les mains aimées un peu plus fort. La servante sortit avec discrétion, les laissant seuls.

– Il est une chose que je voudrais te demander, dit la duchesse, seulement une chose, Aristide, avant de mourir...

– Quoi donc, maman?

Le regard du duc révélait qu'il avait déjà compris ce qu'elle attendait de lui.

– Je ne saurais mourir en... paix, sans être certaine que ta... succession est... assurée. (Le duc retint sa respiration.) Il est temps que tu te maries, mon cher enfant. Rien ne me procurerait plus de joie que de tenir au moins une fois ton enfant dans mes bras.

– Mais... C'est impossible, maman!

– Pourquoi?

Le duc restait silencieux. Alors la duchesse se décida à plaider :

– Aristide, tu étais un si joli petit garçon et nous t'aimions tellement, ton père et moi. (Elle lui prit la main et la serra très fort.) Nous étions si fiers de te voir grandir. Tu avais tous les talents. Ton père était enchanté de te voir aussi fort et vigoureux.

Le duc eut un mouvement d'impatience qui n'échappa pas à sa mère. C'est d'une voix lasse qu'elle reprit :

– Et puis tu as changé. Le fils que nous aimions nous a quittés. Je remercie Dieu que ton père ne soit pas là pour voir ce que tu es devenu.

– Nous ne pouvons rien à cela, maman. Je suis ainsi, et en ce qui me concerne je n'en suis pas mécontent.

– Es-tu vraiment sincère? demanda-t-elle.

Elle remarquait soudain sur le visage de son fils, ces rides, ces cernes sous les yeux, qui sont le résultat des fêtes continuelles. Une nostalgie teintée d'amertume l'envahit au souvenir du magnifique adolescent qu'il avait été, surpassant en éclat tous ses rivaux des grandes familles de France...

Hélas, aujourd'hui, Aristide paraissait plus vieux que son âge. Il avait bu le verre de la vie jusqu'à la lie et il l'avait trouvé amer.

– Je t'en prie, Aristide, réponds-moi, supplia la duchesse.

Le duc quitta la place qu'il occupait à son chevet et fit quelques pas dans la chambre.

Sur l'un des murs, étaient disposées plusieurs

miniatures joliment peintes qui représentaient toute la lignée des ducs de Savigne.

Aristide s'immobilisa longtemps devant le dernier tableau. C'était celui de son père et l'artiste avait réussi à exprimer dans le portrait la force de caractère et la noblesse d'âme de son modèle. Hormis ce trait, la ressemblance entre le fils et le père était évidente.

La duchesse avait fermé les yeux. Le cardinal s'était trompé. Aristide n'avait plus le moindre attachement pour elle, pas même celui du sang!

« Je veux mourir, se dit-elle, et ce n'est pas un jeu, cette fois. Je veux mourir car maintenant plus rien ne me retient à la vie. »

Elle avait connu la souffrance et la solitude pendant les longs hivers. Le seul espoir qui lui donnait alors le courage de vivre était qu'un jour son fils lui reviendrait.

Il s'installerait au château et les longs corridors vides retrouveraient la vie. Les grands salons s'empliraient du bruit des voix, des cris et des rires d'une ribambelle d'enfants.

Hélas, maintenant elle comprenait que tout cela n'avait été qu'un rêve, un rêve qui ne deviendrait jamais réalité. C'était un espoir, une fantaisie de malade qu'il lui fallait tout simplement abandonner.

Après avoir passé en revue les portraits de toute sa famille, le duc retourna vers le lit et regarda sa mère un long moment, sans dire un mot. Elle n'ouvrit pas les yeux et, comme elle lui semblait tout à fait immobile, il crut qu'elle ne respirait plus.

– Maman! lança-t-il dans un cri terrifié. Et

comme sa mère ouvrait enfin les yeux, il ajouta :

– Je ferai ce que vous voudrez.

– Aristide! Tu veux dire que...

– Si cela peut vous rendre heureuse.

– Tu sais parfaitement que ce sera pour moi un grand bonheur.

– Alors, j'accepte de passer ma vie à m'ennuyer...

– Merci, mon cher enfant. Maintenant, quelque chose m'encourage à vivre, bien que je ne pense pas être encore de ce monde très longtemps.

– Il faudra que vous viviez, maman, car je laisse entre vos mains toute l'organisation de ce projet. N'est-ce pas votre idée et non la mienne?

La duchesse parut surprise.

– Comment... tu veux dire...

– Je veux dire que je ne ferai preuve d'aucune initiative personnelle. Choisissez vous-même mon épouse, je suis sûr que vous la choisirez bien. Occupez-vous des préparatifs du mariage. La cérémonie aura lieu dans la chapelle du château, ainsi vous pourrez me voir pieds et poings liés! D'ailleurs votre état de santé ne vous permettrait pas de vous déplacer.

– Mais Aristide, je...

– Ce sont mes conditions, dit le duc. Je ne désire pas rencontrer cette jeune fille avant qu'elle ne devienne mon épouse. Ensuite, je quitterai Paris et viendrai m'installer ici, pour élever le petit-fils que vous désirez si ardemment.

– Mais, mon chéri...

– Je ne veux pas prolonger cette conversation avec vous, maman, pardonnez-moi. Vous avez gagné maintenant et je vous soupçonne d'avoir bien préparé votre victoire. Soyez heureuse!

La duchesse tendit ses mains vers lui.

– Tout ce que je désire, c'est que tu sois heureux, dit-elle tout bas.

Le duc pinça les lèvres.

– Est-ce pour cela que vous m'avez demandé de venir?

– Je crois que le mariage t'apportera le bonheur. Comme tu le sais, ton père et moi, nous étions très heureux...

– Mais je ne suis pas comme lui. Je ne lui ressemblerai jamais! De plus, il y a peu de chances pour que vous me trouviez une jeune fille aussi belle et aussi charmante que vous l'étiez alors, maman.

– Je ferai tout pour cela, mon fils, mais ce sera difficile si tu ne m'aides pas et si tu ne montres pas de bonnes dispositions.

– J'ose croire que ma femme, lorsque j'en aurai une, me trouvera à son goût, dit-il d'un ton railleur. Je connais beaucoup de femmes qui se disent enchantées de ma compagnie...

– Quelle sorte de femmes?

Il lui prit la main et la porta à ses lèvres.

– Nous avons fait un marché, maman, notre conversation s'arrêtera là pour aujourd'hui. Maintenant, je vous demande de m'excuser, car je dois prendre un bain et me changer.

– Je te remercie d'avoir répondu à mon appel.

– Il me semble que vous êtes plus forte que vous ne le paraissez, maman. Votre volonté ne vous a pas abandonnée.

La duchesse serra la main de son fils avec ferveur.

– Je ne veux que ton bonheur.

– Je me demande à quoi il ressemble, je ne l'ai pas rencontré depuis si longtemps!

– Oh, Aristide!

La voix de la duchesse s'étranglait et le duc s'empressa de dire :

– Nous sommes en train de nous abandonner à la sensiblerie. Etablissez votre plan, maman, et comme je vous l'ai promis, je m'y soumettrai.

Il se leva et la regarda un long moment avant de se pencher vers elle et de l'embrasser sur la joue.

– Trouvez la force de vivre, maman, dit-il calmement. J'ai la certitude que, sans vous, Savigne tomberait en ruine.

Il quitta la pièce et, après l'avoir suivi du regard, la duchesse s'adossa à ses oreillers. Elle se sentait épuisée.

Certes, le cardinal ne s'était pas trompé, Aristide lui était toujours attaché. Mais bien que sa victoire lui fût plus douce qu'elle ne l'avait imaginé, elle éprouvait encore une certaine appréhension.

Quelle femme accepterait un mari comme Aristide? L'amertume, l'ironie, le cynisme du duc ne tarderaient pas à la décourager!

Enfin, tout ce qui importait, c'était qu'Aristide eût un fils, un héritier. La duchesse ne pouvait s'empêcher de penser qu'une fois sa lune de miel finie – si elle avait lieu – Aristide retournerait à la vie parisienne. Elle n'était pas sûre, malgré l'optimisme du cardinal, qu'une épouse – ou même une famille – le transformerait en propriétaire respectable, dirigeant son exploitation avec fermeté, comme le roi et le nouveau régime le conseillaient.

Mais un pas venait d'être fait. Aristide avait accepté l'idée de ce mariage et il ne restait plus qu'à lui trouver l'épouse qui lui conviendrait.

La duchesse tendit la main jusqu'à la clochette dorée qui se trouvait à son chevet. Presque aussitôt, la porte de sa chambre s'ouvrit et une femme de chambre entra.

– Du papier, de l'encre et un porte-plume, commanda-t-elle. Dites à l'un des palefreniers qu'il se tienne prêt à porter un message à Son Eminence le cardinal, à Blois.

La femme de chambre s'inclina et répondit :

– Bien, madame, j'y vais tout de suite.

– Le cardinal va être enchanté, pensa la duchesse.

Quand le cardinal avait eu cette idée, elle l'avait trouvé trop optimiste. Elle était encore convaincue qu'Aristide ne répondrait même pas à son appel. Pourtant, il était venu à Savigne sans hésiter...

– Que Dieu lui vienne en aide, pria la duchesse.

Elle répétait cette prière depuis des années, et elle savait maintenant que Dieu ne l'avait pas abandonnée.

La servante revint avec le nécessaire à écrire, et la duchesse se mit à rédiger sa lettre.

Après s'être installé dans sa voiture, Son Eminence le cardinal ouvrit la lettre de sa cousine et la relut.

Ainsi, Aristide avait donné carte blanche à sa mère, à charge pour elle de lui trouver une épouse... C'était difficile à croire, mais pourtant écrit en toutes lettres... Le cardinal soupira : ses doutes étaient sans objet.

Alors il sortit de sa poche un autre papier. Celui-ci portait les noms des jeunes filles susceptibles d'épouser le duc de Savigne. Au cours de son séjour au château de Blois, le cardinal avait pris soin de recueillir avec discrétion auprès de ses hôtes quelques renseignements au sujet de celles dont les noms figuraient sur la liste. Il avait agi très prudemment.

– Voyez-vous quelquefois le duc de Foucauld-Fleury? avait-il demandé tout d'abord.

– Il nous rendait souvent visite avec sa famille.

– Est-ce à dire qu'il avait une nombreuse famille?

– Oh oui! Mais plusieurs de ses enfants sont mariés maintenant.

– En effet, je me souviens que l'un de ses fils a fait un excellent mariage. Je crois avoir rencontré son épouse à Paris.

– Des sept enfants du duc, il n'en reste qu'un à marier. C'est une fille...

– Il me semble me souvenir qu'elle s'appelle Isabelle, murmura le cardinal.

– Votre Eminence a raison. Une bien jolie fille. Je suis surpris qu'elle n'ait pas encore trouvé de mari. Il faut dire que le jeune homme auquel elle était fiancée voici trois ans s'est tué dans un accident.

– Mon Dieu! Quel malheur! s'exclama le cardinal.

– Ce fut un grand malheur en effet, mais je suis certain que le duc ne tardera pas à lui trouver un remplaçant.

Le cardinal s'empressa de changer de sujet. Il avait obtenu le renseignement désiré.

Plus tard, il posa d'autres questions à son hôte sur le marquis d'Urville et découvrit que sa fille, Henriette, avait à peine dix-huit ans et passait pour une beauté.

Après celui d'Henriette, il n'y avait plus qu'un nom sur la liste et, comme il pensait avoir découvert ce qu'il cherchait, le cardinal mit le papier dans sa poche et l'oublia.

La jeune fille parviendrait-elle à gagner l'affection d'Aristide? C'était bien peu probable.

Le cardinal soupira.

Il pourrait au moins lui offrir un nom honorable, des propriétés immenses et un château comme il n'en existait aucun autre dans la région.

Ils approchaient maintenant de Chenonceaux. Le cardinal se pencha à la portière pour admirer ce château qui avait appartenu à l'une des plus belles femmes de France.

Diane de Poitiers avait alors vingt ans de plus que le roi Henri II, qui ne l'en aima pas moins jusqu'à sa mort. Un contemporain avait écrit qu'elle n'était pas moins belle à soixante-sept ans qu'à trente.

Ce chroniqueur prétendait que Diane avait recours à la sorcellerie pour garder sa beauté et qu'elle absorbait chaque jour un breuvage qui la protégeait des atteintes de l'âge!

Homme censé et historien averti, le cardinal attribuait plutôt « l'éternelle jeunesse » de Diane de Poitiers au fait qu'elle n'avait jamais pris que des bains d'eau froide et qu'elle s'était toujours gardée de la nourriture trop riche et des vins capiteux qui abondaient à la table du roi.

Le château apparaissait maintenant dans toute sa splendeur et l'on pouvait apprécier la façon originale dont il avait été bâti sur les piles d'un ancien moulin sur le Cher. Le pont à deux galeries enjambait la rivière en se reflétant dans les eaux calmes et donnait à l'ensemble un aspect très romantique.

Le cardinal se dit que la meilleure qualité d'une femme était d'être belle, gaie, et que le moyen le plus sûr de s'assurer la fidélité d'un homme était de ne jamais le lasser.

Cela le ramena tout naturellement à Aristide. Hélas, la femme qui parviendrait à le délivrer de son ennui, n'était pas encore née!

## 2

Tout en parcourant la campagne ensoleillée, le cardinal poursuivait sa longue méditation. Il se demandait comment il allait expliquer à la duchesse l'échec de sa mission.

Pourtant, il n'avait pas douté un seul instant qu'il obtiendrait le consentement de l'une des jeunes filles susceptibles d'épouser le duc de Savigne.

Il lui avait semblé qu'Isabelle, la fille du duc de Foucauld-Fleury, était celle qui conviendrait le mieux. Quand il était arrivé au château – une immense bâtisse, glaciale en hiver – il avait été accueilli avec enthousiasme par le duc et la duchesse qui étaient de fervents catholiques.

– Il y a si longtemps, Votre Eminence, que nous n'avons pas eu le plaisir de vous voir, lui dit le duc d'un ton cordial.

– Hélas, mes devoirs me retiennent à Paris plus que je ne le voudrais, monsieur. Ainsi, le plaisir que j'éprouve à séjourner en Touraine n'en est que plus grand.

– Un plaisir que nous partageons, répondit le duc.

Le cardinal trouva le déjeuner excellent, et remarqua avec satisfaction qu'Isabelle était une jeune fille gracieuse et jolie, qui ne manquait ni de bon sens, ni de talent et qui ferait assurément une bonne épouse pour Aristide.

Après le repas, le duc invita le cardinal à le suivre dans son bureau, une des pièces les plus impressionnantes du château.

– Je ne crois pas me tromper, Votre Eminence, en affirmant que votre visite a un motif particulier. Quand j'ai reçu votre message de Blois, j'ai eu l'impression que ce n'était pas pour le seul plaisir de me revoir que vous veniez...

Le cardinal sourit.

– Vous êtes très perspicace, monsieur le duc, et je ne saurais vous dire que vous vous trompez. Ma visite a un autre motif, en effet.

– J'en étais sûr. Pourtant je ne vois pas très bien de quoi il s'agit.

– Je suis envoyé par la duchesse de Savigne pour proposer l'alliance de vos prestigieuses familles par le mariage de votre fille avec son fils, le duc Aristide.

Le cardinal observait son interlocuteur et s'aperçut que l'expression de son regard avait changé. Au moment où le duc allait répondre, la porte s'ouvrit et Isabelle entra.

– Pardonnez-moi, mon père, si j'interromps votre entretien, mais vous avez oublié vos lunettes dans la salle à manger et j'ai pensé que vous pourriez en avoir besoin.

Elle les déposa sur un guéridon et s'apprêtait à sortir, lorsque son père la retint :

– Attends, Isabelle. J'étais sur le point de dire à Son Eminence que j'ai donné mon accord pour ton mariage avec Michel de Croix et qu'il aura lieu à l'automne.

Pendant quelques instants, Isabelle écarquilla les yeux comme si elle ne croyait pas ce qu'elle venait d'entendre. Puis, son visage se détendit, elle sourit et apparut dans toute sa beauté.

– Mais... Papa... Est-ce bien vrai ce que vous dites?

– Naturellement! répondit le duc. Comme j'allais le dire à Son Eminence, ta mère et moi-même pensons que tu seras parfaitement heureuse ainsi.

Le cardinal, à qui rien n'échappait, avait compris que le duc venait à l'instant même de prendre cette décision. Sa fille allait épouser un homme dont la candidature avait été écartée dans l'espoir qu'une proposition plus séduisante ne survînt. Aristide était donc considéré comme inférieur à ce prétendant!

C'était un coup de théâtre, mais le cardinal réagit aussitôt en fin diplomate. Il complimenta Isabelle et bénit son union prochaine avec une sincérité évidente.

– Je regrette, Votre Eminence, dit le duc quand Isabelle eut quitté la pièce, mais vous aurez fait ce voyage en vain.

– Ne croyez pas cela, s'empressa de répondre le cardinal. J'ai eu beaucoup de plaisir à vous revoir, monsieur le duc et je souhaite vivement avoir le privilège de vous recevoir bientôt à Paris.

– Vous me faites beaucoup d'honneur, monsieur le cardinal.

Ils échangèrent un regard et se comprirent.

En quittant le château, le cardinal biffa le nom d'Isabelle sur sa liste. Il commençait à se demander si sa mission n'allait pas être plus difficile qu'il ne l'avait imaginé tout d'abord.

Il avait cru que le principal obstacle serait de persuader le duc de se marier, mais il semblait maintenant que la difficulté était plutôt de lui trouver une épouse.

Le marquis d'Urville confirma cette impression en ne dissimulant rien de ses sentiments et en ne faisant rien pour les assortir de « jolis rubans » selon l'expression du cardinal.

– Donner Henriette à Savigne? s'exclama-t-il. Votre Eminence a perdu l'esprit! Comment avez-vous pu supposer un instant que je confierais ma fille à ce débauché qui traîne le nom des Savigne dans les ruisseaux de la capitale?

Le marquis était un homme de forte constitution et sa colère le rendit si rouge qu'il faillit avoir un coup de sang.

– Ce n'était qu'une vague suggestion de ma part, mon cher marquis, dit le cardinal pour l'apaiser.

– Une suggestion dont vous auriez pu vous dispenser! tonna le marquis. La duchesse croit-elle que je suis sourd? Croit-elle que je n'entends pas ce que l'on dit sur la conduite de son fils? Que je suis aveugle pour ne pas lire les journaux qui parlent de ses excès?

Il reprit sa respiration un instant, puis ajouta :

– Votre Eminence perd son temps! Il n'est pas un père digne de ce nom qui laisserait entrer sa fille au château de Savigne et à plus forte raison si c'est pour devenir l'épouse de son propriétaire! Je vous le dis sans détour, je préférerais la voir morte!

Le cardinal préféra ne pas s'attarder et quitta le château.

La visite suivante était pour le vicomte de Baulaincourt et le cardinal s'attendait à recevoir de sa part la même réponse. Il apprit, en effet, dès son arrivée au château que l'on venait d'annoncer les fiançailles de la fille du vicomte.

Il s'aperçut très vite que ce dernier était bien aise d'avoir une excellente raison de refuser l'alliance avec la famille des Savigne.

– Je suppose, Votre Eminence, que vous aviez déjà quitté Paris lorsque les fiançailles de ma fille ont été annoncées dans les journaux! En fait, c'est un mariage que ma femme et moi souhaitions depuis des années et nous sommes ravis de voir que les futurs époux ont l'un pour l'autre un attachement sincère.

Le cardinal donna sa bénédiction aux jeunes gens et reprit la route en direction de Savigne pour rendre compte à la duchesse de l'échec complet de sa mission.

Il devait pourtant bien exister d'autres jeunes filles. Mais la seule chose à faire désormais, était d'aller plus loin. Peut-être vers le sud de la France. Ou vers l'ouest ou le nord. Enfin en un lieu où le nom de Savigne ne signifierait pas honte et déshonneur.

Le cardinal se demanda si la duchesse l'obligerait à reprendre la route. Ses occupations l'appelaient à Paris où, par ailleurs, il se trouvait fort bien, préférant demeurer dans le confort de son appartement plutôt que de sillonner des routes poussiéreuses et dormir chaque soir dans un lit nouveau.

Je n'aurais jamais dû me mêler de cette affaire, se dit-il.

Mais après tout, il était le parent de la duchesse et il avait été l'ami de son défunt époux. Il ne serait pas en paix avec sa conscience avant d'avoir fait tout ce qui était en son pouvoir pour remettre Aristide sur le droit chemin.

Il adjura le ciel de l'aider à trouver un moyen de sauver ce pécheur qui avait peut-être encore quelques chances d'être racheté. Alors, comme en réponse à sa prière, il vit à un carrefour une pancarte indiquant : « Monceau-sur-Indre, cinq kilomètres ». Aussitôt le cardinal leva la main.

– Arrêtez! cria-t-il.

Son chapelain, qui était assis en face de lui, un jeune homme au teint pâle, épuisé par le jeûne et la prière, sursauta :

– Arrêter la voiture, monseigneur? demanda-t-il étonné.

– N'ai-je pas été suffisamment clair?

Le chapelain répéta aussitôt l'ordre au cocher. Les six chevaux s'arrêtèrent et l'un des piqueurs qui portaient la livrée aux couleurs du cardinal s'approcha de la portière de la voiture.

– Votre Eminence désire quelque chose?

– Rebroussons chemin et conduisez-moi au château de Monceau. C'est à la sortie du village, derrière l'église.

– Très bien, Votre Eminence.

La voiture fit demi-tour, non sans difficulté, et l'attelage repartit en sens inverse. Une route étroite conduisait au village de Monceau. Le château était en effet facile à trouver.

Juste derrière l'église s'élevait une grande grille qui avait un besoin urgent de peinture. De là partait une courte allée bordée d'arbres dont les branches se rejoignaient pour former une voûte de feuillages. Au bout de l'allée, se dressait le château avec ses tourelles pointues et ses lucarnes. La façade gothique se reflétait dans une rivière qui s'élargissait à cet endroit et formait un petit lac.

Les arbres avaient poussé en toute liberté autour du bâtiment et l'enserraient de leurs bras feuillus. En regardant l'ensemble, alors que la voiture tournait sur un gravier qui n'avait pas été ratissé depuis bien longtemps, le cardinal eut l'impression de découvrir le château de la Belle au bois dormant.

Sachant qu'ils n'étaient pas attendus, le chapelain regarda son maître et attendit ses ordres.

– Demandez si le comte de Monceau est chez lui, ordonna le cardinal.

A ce moment, un vieux serviteur ouvrit la portière de la voiture et le chapelain descendit.

Il revint au bout de quelques instants.

– Ce serviteur me dit que le comte est dans sa bibliothèque, Votre Eminence. Il est allé l'avertir de votre arrivée.

Le cardinal descendit à son tour et s'avança lentement vers le perron. Comme il atteignait la dernière marche, un homme se précipita vers lui, les bras tendus en signe de bienvenue.

– Xavier! Quelle merveilleuse surprise!

L'homme applaudit pour manifester sa joie, puis,

se souvenant soudain du rang de son hôte, s'agenouilla devant lui et baisa son anneau.

– Mon cher Gérard, dit le cardinal. Je passais tout près de votre village et je me suis souvenu que nous ne nous étions pas vus depuis longtemps...

– Entrez! Venez dans la bibliothèque, dit le comte. Nous allons boire un verre et vous allez me raconter tout ce qui s'est passé depuis notre dernière rencontre.

– Cela prendra du temps, répondit le cardinal en souriant.

– Je vous garde pour le dîner, et même pour la nuit, si vous le voulez.

– Je suis attendu au château de Savigne, mais je dînerai volontiers avec vous.

Le comte commanda du vin, fit entrer son vieil ami dans la bibliothèque et s'approcha de lui. Le cardinal s'était assis sur l'une des rares chaises demeurées libres. Il y avait des livres partout. Jamais il n'en avait vu autant dans une seule pièce. Non seulement les rayonnages qui occupaient les murs étaient pleins, mais il y en avait sur les tables, sur les chaises et jusque sur le plancher. Le cardinal comprit que son arrivée avait interrompu le travail de son hôte.

Le bureau était couvert de manuscrits et de livres. Certains étaient ouverts, d'autres fermés, mais on en voyait dépasser les morceaux de papiers qui servaient à marquer les pages.

– Laissez-moi vous regarder, Gérard, dit le cardinal. Vous n'avez pas beaucoup changé! Vous souvenez-vous de notre dernière rencontre?

– Il y a bien longtemps! remarqua le comte.

C'était encore un homme fort séduisant, malgré le laisser-aller de sa mise. Il paraissait plus jeune qu'il ne l'était en réalité. Il n'avait que quelques cheveux gris, alors que ceux du cardinal étaient presque blancs. Quand il parlait, ses yeux pétillaient de malice et il souriait à tout moment.

– Parlez-moi de vous, Xavier, dit-il. Vous êtes devenu un homme important. Je sais quelle place vous occupez à Paris.

– Puissiez-vous dire vrai, dit le prélat en soupirant. Bien peu de gens aujourd'hui écoutent encore la voix de l'Eglise!

– C'est peut-être vrai, mais j'ai toujours été persuadé – au temps où nous faisions nos études ensemble – que vous feriez une brillante carrière, tandis que moi...

Il désigna son bureau d'un geste las.

– Vous avez publié un livre, je crois, dit le cardinal.

– Deux, exactement. Mais personne ne les lit. Les gens ne s'intéressent pas au passé. Ils sont trop occupés à vivre le présent!

– Néanmoins, quel que soit l'avenir de notre monde, les érudits y auront toujours leur place. Quand je mourrai, je serai très vite oublié, tandis que vous, Gérard, on vous lira encore dans plusieurs siècles.

Le comte se mit à rire.

– Vous n'avez pas changé, Xavier. Toujours à donner de l'espoir à votre entourage. Je n'oublierai jamais le sermon que vous avez prononcé dans cette petite église délabrée du quartier Montparnasse. Au début il n'y avait qu'une dizaine de fidèles, mais avant la fin, l'église était pleine.

Le cardinal soupira de nouveau.

– C'était un rude travail, Gérard. Cependant il me semble que je n'ai jamais été aussi heureux qu'en ce temps-là.

Le comte le regarda dans les yeux et lui dit :

– Vous avez choisi une voie bien difficile quand vous avez décidé de renoncer au simple bonheur des hommes – un foyer, une femme et des enfants. Je vous ai admiré pour cela et je vous admire encore...

Un serviteur entra, portant une bouteille et deux verres sur un plateau. Il n'était pas facile de trouver un endroit libre, aussi se résolut-il à le déposer sur une pile de livres. Le cardinal remarqua que c'était un vin de pays qu'il aimait beaucoup et lorsque le comte lui tendit un verre, il le dégusta lentement.

– Parlez-moi de vous, maintenant, Gérard. Je crois que votre vie conjugale vous a rendu heureux. Je regrette de n'avoir pu assister à votre mariage!

– J'ai compris que vous étiez trop occupé pour nous consacrer ne serait-ce qu'une heure. Vous rendez-vous compte, Xavier, qu'il y a presque vingt ans que nous ne nous sommes vus? Et pourtant, je me souviens parfaitement des choses dont nous avions l'habitude de parler.

– Il me semble que c'était hier... murmura le cardinal.

– J'aurais tant voulu que vous connaissiez Fleur, continua le comte. Elle n'était pas seulement belle, mais aussi très sensible et intelligente. Elle m'a beaucoup aidé pour mes livres et elle a fait de ma vie un paradis – ce qui n'est pas garanti à tous les hommes, sur cette terre.

– Elle n'est plus? demanda le cardinal.

– Elle est morte il y a trois ans.

Au ton de sa voix, le cardinal comprit que le comte avait dû connaître, depuis le décès de sa compagne, des moments bien difficiles.

– Je suis vraiment désolé, dit-il, mais je n'ai pas appris que vous étiez veuf. Je serais volontiers venu vous voir pour vous apporter quelque réconfort.

Cependant, en prononçant ces mots, le cardinal n'était pas certain d'être sincère. Aurait-il vraiment quitté ses obligations pour se rendre en Touraine dans le seul but de venir en aide à un ami, fût-il Gérard de Monceau, son camarade de jeunesse?

– Hélas, personne ne pouvait rien à cela, dit le comte. Dieu merci, Syrilla était auprès de moi!

– Syrilla!

– Ma fille. Au moment de sa naissance, nous avons pensé faire appel à vous pour la baptiser, Xavier, mais..., vous étiez déjà quelqu'un de célèbre.

Le comte sourit et ajouta :

– Nous parlions souvent de vous Fleur et moi. Elle était toujours étonnée de voir à quel point votre amitié avait compté pour moi lorsque nous étions jeunes.

– Parlez-moi de Syrilla, demanda le cardinal.

Le comte se mit à parler de sa fille avec enthousiasme et fierté.

– Elle est adorable en tous points. Elle est instruite, jolie, aimable. Je vous montrerai un portrait qu'un jeune artiste qui séjournait dans le village a fait d'elle, voici quelque temps. L'exécution en est délicate et la ressemblance parfaite.

Il traversa la pièce et se dirigea vers un coin où le cardinal aperçut une toile sans cadre, posée sur un chevalet que le rempart des livres dissimulait à moitié. A peine le comte venait-il de s'en saisir qu'une silhouette blanche et légère apparut derrière la fenêtre qui donnait sur le jardin.

Syrilla entra en courant dans la bibliothèque. Elle était en effet gracieuse et si légère que ses pieds semblaient ne pas toucher le sol.

– Papa! dit-elle d'une voix douce. J'ai quelque chose d'étonnant à vous raconter.

– Qu'est-ce donc, ma chérie?

– J'étais avec Jacques dans le parc, alors qu'il s'occupait des agneaux, lorsqu'une chose extraordinaire s'est produite.

– Que s'est-il produit?

– L'un d'eux semblait mort. On aurait dit qu'il n'y avait plus rien à faire pour le sauver. Alors Jacques lui a ouvert la bouche et a soufflé dedans. Il a soufflé de plus en plus fort, papa, jusqu'à ce que l'agneau recommence à respirer. Vous n'allez peut-être pas me croire, mais je vous affirme que l'agneau est vivant!

– Voilà qui semble extraordinaire, dit le comte.

– C'était extraordinaire! reprit Syrilla. Croyez-vous que nous ayons le pouvoir de rendre la vie à ceux qui l'ont perdue?

– La vie nous vient de Dieu, intervint le cardinal, et quelquefois, le privilège de la transmettre nous est donné, mais...

Syrilla s'approcha de lui et regarda ce personnage en robe rouge qu'elle ne s'attendait pas à voir dans la bibliothèque de son père.

Maintenant, le cardinal la voyait mieux. Elle était très jolie, mais aussi très différente de ce qu'il avait imaginé. Tout d'abord, elle était blonde. Ses yeux étaient d'un bleu soutenu, sa peau d'une blancheur exceptionnelle. Ses pommettes, d'un rose léger, mettaient une touche de couleur sur son visage délicat.

Menue, mais très bien faite, elle avait la démarche gracieuse d'une ballerine.

– Xavier, je te présente ma fille, Syrilla, dit le comte non sans fierté.

Syrilla s'inclina devant le cardinal et baisa son anneau.

– Pardonnez-moi, Votre Eminence, je ne savais pas que papa avait un visiteur.

– Je suis un vieil ami, et qui se sent coupable d'avoir ignoré si longtemps votre existence.

Syrilla sourit et deux fossettes se creusèrent de part et d'autre de sa bouche.

– Je sais qui vous êtes, dit-elle, car papa m'a souvent parlé de vous. Quels bons moments vous avez dû passer ensemble quand vous étiez jeunes!

– En effet, répondit le cardinal. Je regrette que votre père et moi nous nous soyons perdus de vue pendant si longtemps.

– Enfin, maintenant, vous êtes là, dit-elle avec douceur. Puis-je aller voir vos chevaux? Je suis certaine que Votre Eminence est venue avec un équipage important.

– Ils seront sans doute aussi contents de recevoir votre visite, que je le suis d'avoir fait votre connaissance!

– Avant de t'intéresser de près aux chevaux de

Son Eminence, j'aimerais que tu ailles dire aux cuisines que notre hôte dînera avec nous. Recommande-leur de faire au mieux et dis que nous voulons dîner tôt.

– Vous ne pourrez pas rester pour la nuit? demanda Syrilla.

– Je crains que non, mais je suis très heureux de pouvoir dîner en votre compagnie.

– Ce sera un grand plaisir pour nous aussi, dit-elle, mais je vous en prie, ne jugez pas trop mal notre cuisine!

Elle lui sourit et s'avança vers la porte.

– Vous avez une fille exquise, mon cher Gérard. J'avoue que pour la première fois, je vous envie.

– Elle est délicieuse, n'est-ce pas? Et elle ressemble tellement à sa mère...

Le comte semblait avoir envie de parler un peu de son épouse défunte et le cardinal ne l'interrompit pas.

– Fleur était d'origine normande, ce qui explique les cheveux blonds et les yeux bleus de Syrilla. Je trouve d'ailleurs qu'elle paraît plus anglaise que française, mais je puis vous assurer qu'elle est vraiment française! D'ailleurs, elle cuisine comme telle et vous n'avez rien à craindre, le dîner sera excellent! Vous souvenez-vous de ce petit restaurant bon marché de la rive gauche où nous avions l'habitude d'aller?

– Bien sûr, je m'en souviens, répondit le cardinal.

– J'y pense, tout à coup. Le samedi soir, nous avions l'habitude d'y rester tard pour discuter.

– Et la salle était si enfumée que l'on pouvait à peine y voir!

– Je crois que ce sont ces discussions qui m'ont donné envie d'écrire.

Ils parlèrent encore un moment du passé, puis le comte regarda la pendule et dit :

– Je suis certain que vous feriez volontiers un peu de toilette avant le dîner... Puis, après réflexion, il ajouta : Mais vous ne voyagez certainement pas seul! les cardinaux sont toujours accompagnés par leur chapelain!

– Mon chapelain est très tourmenté par les méfaits de la bonne chère! Il lui arrive donc souvent de jeûner. Il est si pâle et décharné qu'on pourrait croire que je lui fais subir de mauvais traitements. Je puis vous affirmer qu'il n'en est rien! Aujourd'hui, c'est pour lui un jour de jeûne complet. Il préférera sans doute se promener dans le parc que de se joindre à nous.

– Vous en êtes certain?

– Certain! De plus, je ne veux pas que le père Pagerie – qui est, je le dis à regret, assez sinistre – vienne gâter notre petite réunion!

En vérité, ce fut un joyeux dîner. Les mets étaient délicieux et le vin de la vigne du comte, propre à délier les langues, animait la conversation. Les deux amis ne cessaient de se rappeler les anecdotes et les incidents de leur vie d'étudiants, ce qui les faisait rire aux larmes ainsi que Syrilla. La jeune fille aurait souhaité que la présence plus fréquente d'amis au château incitât son père à sortir un peu de ses livres.

En la regardant et en l'écoutant, le cardinal

songeait qu'elle était la jeune fille la plus charmante qu'il eût jamais vue.

Ce n'était pas seulement sa beauté qui frappait, mais aussi un raffinement et une fraîcheur du visage qui faisaient défaut à la plupart des femmes, en particulier à celles de Paris. Si son rire sonnait sans retenue et un peu au hasard, elle apportait sans cesse à la conversation un détail pertinent et gai qui survenait toujours au bon moment.

Elle n'était pas seulement intelligente mais aussi, comme on pouvait s'y attendre quand on connaissait son père, d'une grande érudition. Le cardinal fit une plaisanterie en latin qu'elle comprit parfaitement. Elle renchérit avec une citation grecque comme son père le faisait avec le cardinal, bien des années auparavant.

Mais le prélat s'aperçut soudain que le temps passait et se dit qu'il était temps de faire préparer sa voiture.

Cependant, partir si tôt le contrariait. Cette soirée avait été une halte salutaire dans son existence laborieuse et elle signifiait pour lui plus que l'on ne peut exprimer par des mots. Ce ne fut qu'en quittant la salle à manger que l'objet de sa visite lui revint en mémoire.

– Quel âge a Syrilla? demanda-t-il au comte.

– Elle a eu dix-huit ans en janvier dernier. Hélas, l'existence est bien morose ici, pour elle. Pourtant, elle semble heureuse. Je ne connais pas d'homme plus comblé que moi.

– Mais, à dix-huit ans, elle devrait songer à se marier, dit le cardinal.

Le comte parut gêné.

– Oui, bien sûr. J'y ai pensé, Xavier. Mais nous menons une vie si retirée que nous ne recevons jamais d'invitations et n'en faisons jamais. Je suppose qu'il y a des jeunes gens dans les environs, mais s'il y en a, nous n'avons pas encore fait leur connaissance.

Le cardinal réfléchit un instant. Il savait que s'il obéissait à son cœur, il prendrait sur-le-champ congé de ses hôtes et quitterait cette oasis de paix et de bonheur. Cependant, il ne pouvait s'empêcher de penser qu'un « pouvoir » plus fort que ses sentiments l'avait poussé jusqu'ici. Sa démarche lui sembla soudain inconvenante et sa proposition, un outrage à l'amitié qui le liait au comte et à la pureté de cette frêle créature qui semblait tout ignorer de la laideur du monde.

Je ne peux pas faire cela! se dit-il.

Alors, le regard suppliant de la duchesse lui revint en mémoire et il comprit qu'il ne pouvait retourner vers elle sans avoir accompli sa mission.

Il se tourna vers le comte.

– Vous ne m'avez pas demandé, Gérard, pourquoi je suis en Touraine en ce moment.

– J'imagine que ce doit être quelque chose de très important puisque cela vous éloigne de la capitale, répondit le comte.

– On m'a confié une tâche que je juge effectivement d'importance : découvrir une épouse pour le duc de Savigne.

– Du château de Savigne? Cette si belle bâtisse? Je suppose que vous savez, mon cher Xavier, que ce château a été le cadre d'événements considérables, au Moyen Age!

– Je connais parfaitement l'histoire de Savigne, répondit brusquement le cardinal. (Il savait que lorsque le comte s'engageait dans ses digressions d'érudit, il était difficile de le ramener au sujet principal de la conversation.) Ce que je veux vous demander, c'est... si vous accepteriez d'envisager le mariage de Syrilla avec le duc.

Le comte le regarda avec ébahissement et le cardinal comprit que l'idée d'une pareille union n'avait jamais traversé son esprit.

– Vous voulez dire... Il est de son âge ?

– En fait, il a plus de trente ans, dit le cardinal. Mais il porte un nom prestigieux et il possède d'immenses propriétés. Je suis certain que Syrilla ferait une ravissante duchesse.

Le comte se mit à marcher de long en large dans la pièce avant de donner une réponse. Enfin, il s'arrêta et dit :

– Ma femme et moi-même parlions souvent de ce que nous ferions lorsque le moment du mariage viendrait pour Syrilla. Je ne vous ai pas dit, Xavier, que Fleur avait été mariée auparavant. Elle était veuve et avait trente-cinq ans quand nous nous sommes rencontrés. (Sa voix était altérée par la peine qu'il ressentait à évoquer ces souvenirs.) C'est pourquoi chaque année que nous passions ensemble était tellement précieuse. C'est aussi pour cela que la naissance de Syrilla a été une bénédiction.

– Je comprends, dit le cardinal.

– Le premier mariage de Fleur n'avait pas été heureux. Elle avait épousé un homme plus âgé qu'elle qui la traitait de façon brutale. Parce qu'elle avait souffert elle-même, elle avait juré de ne jamais soumettre Syrilla à un mariage de convenances.

Le cardinal commença à perdre tout espoir. Bien que pauvre et sans relations, le comte de Monceau n'en était pas moins l'égal des Savigne par le sang. Pour Aristide, ce n'aurait pas été déchoir que de prendre Syrilla pour épouse.

Mais la situation n'était guère différente des précédentes. Une fois de plus, la famille de la jeune fille n'était pas d'accord et le cardinal n'était pas près de trouver une épouse pour Aristide.

– Ma femme et moi-même, reprit le comte, avions décidé que nous demanderions à Syrilla – le moment venu – si elle désirait épouser l'homme qu'on lui destinait.

– Oui, je comprends. Mais puisque Syrilla n'a jamais rencontré le duc de Savigne, j'aurais mauvaise grâce à lui demander d'accepter.

Syrilla ne pourrait pas rencontrer le duc. La duchesse le lui avait bien précisé dans sa dernière lettre. Aristide ne voulait pas connaître avant le jour du mariage celle qui deviendrait sa femme. D'ailleurs, il était probablement retourné à Paris rejoindre ses compagnons de débauche.

– Il se fait tard, Gérard, et je dois reprendre la route.

– Non! Attendez un moment, s'exclama le comte. Vous m'avez fait une proposition, et puisqu'elle concerne Syrilla, je crois qu'elle doit donner son avis. (Il sourit et son regard parut soudain espiègle.) Après tout, elle apprendra au moins à refuser les offres des jeunes gens audacieux! Maintenant que vous m'avez mis cela dans la tête, je dois faire preuve d'un peu moins d'égoïsme et penser à l'avenir de ma fille.

– Ces dispositions vous honorent, Gérard. Je comprends que vous ayez une prédilection pour le passé, mais Syrilla doit songer au futur. Elle est si charmante!

– Pour une fois, Xavier, j'accepte votre sermon et j'admets que j'ai eu tort. Je dois tourner cette page de ma vie.

– Pourvu que ce ne soit pas celle d'un livre!

Ils rirent tous les deux avec la complicité de deux amis qui viennent de faire une farce.

Le comte ouvrit la porte et appela Syrilla qui arriva aussitôt en courant et dit :

– Je suis certaine que vous allez m'annoncer que Son Eminence doit partir. J'étais justement en train de m'assurer que ses piqueurs et ses cochers avaient pris leur repas. Son chapelain a tout refusé avec obstination : la nourriture, la boisson et il n'a même pas daigné me sourire!

– Cela ne m'étonne pas, remarqua le cardinal.

– Comme il semble triste! dit-elle. Votre Eminence est-elle donc si sévère avec lui?

– Il est sévère avec lui-même. Je crois que le simple fait de sourire équivaut pour lui à se faire le complice du diable lui-même!

– Mon Dieu, j'espère qu'il se trompe! s'exclama Syrilla. Car si c'était vrai, nous serions tous certains de faire un long séjour au purgatoire!

– Son Eminence m'a fait une proposition, Syrilla, dit le comte. Une proposition qui te concerne directement et que tu devrais entendre.

– Quelle est-elle, papa?

– Son Eminence m'a demandé si tu serais disposée à accepter en mariage le duc de Savigne.

Pendant que le comte parlait, le cardinal espérait que Syrilla n'était pas au courant des frasques du duc. Il n'aurait pu supporter de voir disparaître le sourire qui éclairait son visage. Mais à son grand étonnement, ce fut une réaction de surprise qui répondit à la question du comte. Enfin les yeux de la jeune fille s'illuminèrent.

– Le duc de Savigne? murmura-t-elle. Vous voulez dire... le duc?

– Oui, tu sais bien, il habite dans les environs, au château de Savigne, dit le comte.

– Je me souviens y être allée une fois, avec maman.

Elle interrogea du regard le cardinal.

– Mais... Pourquoi s'intéresse-t-il à moi, précisément?

– Le duc veut se marier, dit le cardinal. Son mariage rendrait sa mère heureuse et je serais moi-même ravi si vous acceptiez de considérer cette proposition.

En disant cela, le cardinal espérait bien que Dieu, dans sa grande clémence, lui pardonnerait d'avoir osé proposer à cette enfant exquise et innocente de devenir l'épouse d'Aristide.

Il y eut quelques instants de silence, au cours desquels il sembla au cardinal que les yeux de Syrilla devenaient plus brillants et qu'une clarté nouvelle...

– Je serai très heureuse et très fière de devenir la femme du duc de Savigne! dit enfin la jeune fille.

Le cardinal était abasourdi. Il fixait Syrilla

comme s'il n'avait pas bien entendu ce qu'elle venait de dire.

Alors le comte demanda :

– Es-tu vraiment sincère, Syrilla?

– Oui, papa.

– Mais tu n'as jamais vu le duc!

– Je l'ai vu, et j'ai pensé à lui très souvent.

– Si c'est là ce que tu veux...

Le cardinal avait du mal à reprendre ses esprits.

– Je suis certain que cette décision comblera de joie la duchesse de Savigne. Je suis sûr que, dès demain, vous recevrez d'elle une lettre vous demandant de venir la voir au château, en compagnie de votre père.

Il attendit que Syrilla ou le comte disent quelque chose, mais, comme ils se taisaient, il continua :

– Je dois vous préciser que la duchesse est très malade. En fait, il est même peu probable qu'elle vive encore longtemps. Il serait donc souhaitable que ce mariage se réalisât sans tarder. Peut-être en juin, le mois prochain, si cela convient à tous, bien entendu.

Il savait qu'il ne devait pas préjuger de l'attitude d'Aristide. Au dernier moment, ce dernier pourrait bien refuser d'épouser la jeune fille choisie par sa mère.

De plus, le cardinal était à peu près sûr que si la duchesse venait à mourir, il ne serait plus question de mariage, même si les préparatifs étaient déjà très avancés.

– Je suis prête à faire comme le duc et madame la duchesse le souhaitent, dit Syrilla.

L'étrange lumière persistait dans son regard.

Le cardinal ne parvenait pas à croire que cette jeune fille, née de l'union de deux êtres tels que Gérard et Fleur, pût avoir le désir profond de porter le titre de duchesse. Etait-ce cette perspective qui faisait briller ses yeux? Non, c'était autre chose. Quelque chose que le cardinal ne comprenait pas. Pourquoi avait-elle accepté sans marquer la moindre hésitation? Elle était bien la seule personne à montrer de l'enthousiasme à l'idée d'épouser le duc de Savigne. Qui d'autre, sinon une jeune fille éloignée des préoccupations de la bonne société, pouvait ne jamais avoir entendu parler des excès d'Aristide, ou n'avoir jamais mesuré l'abîme dans lequel il était tombé?

Comme sa fille se taisait, le comte prit la parole :

– Nous attendrons donc une lettre de la duchesse. D'ici là, je discuterai longuement de ce projet avec Syrilla afin de m'assurer que c'est bien le mariage qu'elle souhaite.

Le cardinal était maintenant certain que le comte lui-même n'était pas au courant des fâcheux écarts de conduite du duc. Cependant, comme il était son ami de longue date, il commençait à se prendre de remords pour avoir présenté Aristide comme un parti exceptionnel.

Il avait beau se conforter dans l'idée qu'il n'avait pas mis tout son cœur dans la proposition qu'il venait de faire, les dés étaient jetés. Il fallait maintenant annoncer au château de Savigne l'acceptation sans réserve de Syrilla. Il ne faisait aucun doute que la duchesse se réjouirait fort de cette nouvelle.

Mais la conscience du cardinal n'était pas en repos et il se sentait traître à son vieil ami. Il avait agi en Judas.

Il avait cru tout d'abord que Syrilla refuserait mais, bien au contraire, elle lui avait rendu la tâche très facile, trop facile. Assurément, si la jeune fille ne changeait pas d'avis, cette victoire aurait à jamais un goût de cendre.

Finalement, il fit ses adieux au comte. Syrilla se tenait auprès de son père, sur le perron, lorsqu'il mit le bras à la portière pour les saluer une dernière fois.

Son regard s'attarda sur cette silhouette blanche, si frêle et si gracieuse, qui semblait appartenir à un autre monde...

Etait-ce une nymphe née des eaux claires de la rivière dans laquelle se mirait la façade du château, ou un ange descendu du ciel pour le ravissement des simples mortels?

Tout de même... Syrilla et Aristide de Savigne!

Le cardinal frémit en y pensant. Il voyait danser devant ses yeux les titres des journaux qui annonçaient les derniers exploits d'Aristide.

Il voyait aussi passer devant lui la procession des femmes auxquelles le nom de Savigne avait été imprudemment associé. Celles qui avaient voué ce nom à tous les feux de l'enfer parce qu'elles avaient souffert de la perfidie de celui qui le portait. La jeune, la fraîche, l'innocente Syrilla allait épouser un homme pour lequel le vice était un compagnon quotidien et l'amour, un mot inconnu!

– Mon Dieu, essayez de me pardonner, car j'ai

commis un crime pour lequel il ne peut y avoir de pardon, s'exclama le cardinal.

Mais même les prières qu'il murmurait, alors que sa voiture roulait en direction de Savigne, ne parvinrent pas à le réconforter.

## 3

Comme Syrilla s'approchait du lit, la duchesse douairière ouvrit les yeux. Son regard s'attarda quelques instants sur la silhouette blanche qui demeurait immobile comme une apparition. Au moment où Syrilla prenait sa main et la portait à ses lèvres, la duchesse demanda :

– Etes-vous mariés?

– Oui, belle-maman, répondit Syrilla avec douceur.

La vie sembla soudain revenir dans le visage décharné de Madame de Savigne et une légère coloration apparut sur ses joues.

– J'ai prié pour votre bonheur. Mais où est Aristide?

– Il viendra vous voir plus tard, belle-maman. Tous les invités ne sont pas partis.

Elle se garda bien de dire à sa belle-mère qu'en revenant de la chapelle, Aristide l'avait simplement abandonnée au pied du perron et avait disparu. Elle n'avait pas compris pourquoi il la laissait seule avec les invités qui commençaient à arriver. Elle essaya de trouver une explication à son attitude. Peut-être était-il souffrant, indisposé par la chaleur qui régnait dans la petite chapelle ou par le mélange des parfums de cette foule d'invités? Elle-même s'était sentie très oppressée pendant la messe.

Elle avait remarqué que le duc ne l'avait pas regardée une seule fois au cours de la cérémonie. Dans la voiture qui les ramenait au château, il n'avait fait que saluer les villageoises qui faisaient la haie sur leur passage.

Syrilla qui était très attentive au comportement de ses proches comprit vite que quelque chose n'allait pas. Elle avait admis que le duc n'eût pu la rencontrer avant le jour de leur mariage et le fait qu'il fût retenu à Paris par des affaires importantes lui avait semblé plausible.

Le comte, par contre, s'en était ému et, plus d'une fois, il lui avait demandé si elle avait bien réfléchi, si elle était toujours aussi résolue à ce mariage.

– J'aurais tout de même voulu le voir au moins une fois avant que tu ne deviennes sa femme!

– Je sais, papa, mais il n'a pas le temps de nous rendre visite. Le mariage doit avoir lieu le plus tôt possible, car l'état de santé de la duchesse est très précaire.

– Vous avez toute la vie pour être ensemble, dit le comte d'un air contrarié. Quelques jours d'attente n'auraient fait de mal à personne.

– Le cardinal a pris toutes les dispositions pour cette date.

Elle ne voulait pas discuter de cela avec son père et comme il continuait à maugréer, elle ne lui répondit pas.

Il la regarda longuement et trouva que ces derniers jours l'avaient changée. Quand il la questionnait pour essayer de découvrir les raisons qui la poussaient à épouser le duc, il s'apercevait que, pour la première fois dans leur vie commune, une barrière s'était dressée entre eux.

Il se dit enfin qu'après son mariage elle ne serait pas très loin de lui et cela le rassura. De Monceau-sur-Indre au château de Savigne, il y avait à peine une heure de route.

Cependant, rien ne parvenait à chasser de son esprit l'idée que sa « petite » fille allait lui manquer cruellement. Même ses chers livres ne suffiraient pas à lui faire oublier le sourire et le regard clair de Syrilla.

Les voitures se rangeaient dans la cour et déversaient leur cargaison d'invités. Pierre de Béthune, qui était appuyé à la balustrade du grand escalier, observait les manœuvres. Il quitta soudain sa place et s'approcha de Syrilla qui semblait attendre le retour de son époux.

– Je suis l'intendant de monsieur le duc, dit-il. Puis-je me permettre de vous demander de recevoir les invités avec monsieur votre père en attendant le retour de mon maître?

– Mais... Savez-vous où est monsieur le duc?

– Il ne doit pas être très loin. Je suis certain qu'il ne tardera pas à revenir.

– Bien sûr! Vous seriez aimable de demander à papa de venir me rejoindre.

Le comte vint aussitôt et Syrilla comprit vite qu'il était surpris par l'absence de son gendre.

Mais il n'était plus temps d'en parler car déjà les invités, annoncés par la voix métallique du majordome, pénétraient dans la grande entrée.

Syrilla ne connaissait personne. Elle aurait préféré accueillir le personnel du château et les fermiers de la propriété, mais ceux-ci étaient réunis dans une grange près de la ferme principale.

Finalement, trois cents personnes prirent place dans l'immense salle des banquets. Le duc n'était toujours pas là. Syrilla était assise à l'extrémité de la longue table, à côté d'une chaise inoccupée, et elle se serait sentie perdue si de nombreux invités n'avaient fait preuve de gentillesse, feignant d'oublier le ridicule de la situation.

Déjà les plats succédaient aux plats, et le repas semblait ne pas devoir se terminer. Les mets étaient excellents, comme on pouvait s'y attendre. Les cuisiniers du château avaient travaillé sans interruption pendant une semaine pour préparer les succulentes spécialités de la province. Il y avait des « carpes de Chambord », d'après une recette inventée par le cuisinier de François 1er, de « la langue de bœuf en paupiettes » qui était le plat favori d'Henri II, et d'autres plats régionaux, simples et délicieux.

Comme Syrilla l'espérait, il y avait aussi le célèbre gâteau de Tours, les saumons de la Loire, les foies de volailles en gelée que l'on faisait à Amboise, divers gibiers en salmis, des fricassées et gibelottes de Bourgueil.

Le vin blanc de Vouvray et le rouge de Bourgueil, provenant de la propriété, étaient propres à ravir les palais les plus délicats.

Tout le monde semblait satisfait, sauf Syrilla qui trouvait que l'absence de son époux devenait inconvenante. Au moins espérait-elle ne pas être la cause de sa disparition.

Pierre de Béthune vint lui dire que la duchesse douairière désirait la voir avec son mari. La duchesse devait être désolée de ne pas avoir pu embrasser son fils et lui dire combien elle était heureuse de le voir marié.

– Il faut que ce mariage soit réussi, et il sera réussi, avait-elle dit à plusieurs reprises, dès l'annonce de la date.

Mais comme les journées étaient très chaudes et qu'elle semblait plus fragile que jamais, les docteurs lui avaient recommandé de se ménager.

Au cours des nombreuses visites au château qui avaient succédé à ses fiançailles, Syrilla avait acquis la certitude que la duchesse était particulièrement sensible à tout ce qui touchait son fils.

C'est pourquoi elle souhaitait éviter de la contrarier en lui faisant part de l'étrange conduite d'Aristide après la cérémonie religieuse.

– C'est aimable à vous de venir me voir, dit la duchesse.

– Je serais volontiers venue plus tôt, si j'avais pu, mais le repas a été long. Les invités paraissaient insatiables!

Elle sourit en faisant apparaître ses deux charmantes fossettes et ajouta :

– Je ne serais pas étonnée d'apprendre qu'ils ont jeûné une semaine pour pouvoir goûter à tous les plats!

– Le cardinal est-il parti? demanda la duchesse.

– Son Éminence a dû rentrer à Paris dès la fin de

la cérémonie. J'aurais tant voulu que vous entendiez son sermon! Ce qu'il a dit était tellement émouvant!

– J'cn suis certaine...

– Toute la messe était ainsi.

Syrilla avait le sentiment que cette cérémonie religieuse avait donné un sens tout particulier à sa future vie d'épouse.

Mais tandis qu'elle était bouleversée par la solennité de ce moment, elle s'était rendu compte que l'homme qui était agenouillé auprès d'elle ne ressentait rien.

– Retournez auprès de vos invités, mon enfant, lui dit la duchesse. Merci d'être venue me voir et ne manquez pas de dire à Aristide de me rendre visite dès qu'il pourra se libérer.

– Bien sûr... mère.

Syrilla se pencha et embrassa la joue de la duchesse, puis elle se retira.

La vieille dame la regardait s'éloigner, et priait pour que cette charmante jeune fille apportât à son fils le bonheur dont il avait tant besoin.

Syrilla suivit l'interminable couloir qui conduisait de l'aile sud à la partie centrale du château.

Elle était à peu près sûre maintenant que tous les invités étaient partis. Elle allait pouvoir se retirer dans sa chambre et enlever le précieux diadème qui pesait sur sa tête. Elle aurait préféré porter la couronne de fleurs d'orangers traditionnelle, mais la tradition familiale en avait décidé autrement. La duchesse avait insisté, arguant que cet ornement avait été porté jusqu'ici par toutes les épouses des Savigne.

Syrilla avait obéi, car elle était disposée à faire tout ce que l'on attendait d'elle.

Heureusement, le port des autres bijoux lui avait été épargné : le collier de diamants, les longs colliers de perles, les bracelets et les lourdes bagues étaient restés dans leurs écrins.

Elle considéra un instant l'anneau d'or que le duc lui avait passé au doigt et se dit que c'était là le seul bijou qu'elle désirait.

Au moment où il avait pris sa main dans les siennes, elle l'avait regardé un long moment et l'avait trouvé extrêmement séduisant.

Alors le cardinal les avait unis en disant :

– « Ego conjugo vos in matrimonium, in nomine Patris et Filii et Spiritus Sancti ».

Après avoir béni les pièces d'or et d'argent et les anneaux, le cardinal les avait tendus au duc qui prit la main de Syrilla en disant :

– Par cet anneau, tu deviens mon épouse. Cet or et cet argent, je te les donne avec mon corps et je te dote de tous les biens de la terre.

Syrilla tremblait en entendant ces mots prononcés d'une voix grave et priait avec ferveur, en espérant qu'elle serait digne de ce témoignage d'amour.

Maintenant, elle essayait de se persuader qu'après le départ des derniers invités, elle retrouverait son mari et qu'ils pourraient parler longuement.

Depuis la galerie qui dominait la grande entrée, elle remarqua qu'il ne restait plus, dans la cour, que deux ou trois voitures. Elle était sur le point d'entrer dans sa chambre quand elle surprit une conversation.

Elle se trouvait devant la porte d'une antichambre où les invités avaient laissé leurs effets personnels. Elle se demanda s'il lui fallait entrer pour saluer les deux femmes qui bavardaient avant de regagner leur voiture. Comme elle hésitait, elle entendit l'une d'elles dire :

– Bien sûr. Le duc n'est plus le même homme depuis ce drame. Tout le monde affirme qu'il a beaucoup changé.

– Mais que s'est-il passé? demanda l'autre voix.

– Comment? Vous ne savez pas? Non, en effet, vous étiez trop jeune à ce moment-là. Pourtant ce n'est pas passé inaperçu, je peux vous l'assurer.

– Mais racontez-moi cela!

– L'amie du duc, une femme qu'il aurait pu épouser, a été étranglée.

– Etranglée? Mais par qui?

– Par un homme nommé Astrid.

– Pour quelle raison?

– Jalousie.

– Mais qui était cette femme?

– Une ballerine – Zivana Mezlanski. Elle était très célèbre à Paris et elle était au sommet de sa gloire lorsque le duc en est tombé amoureux.

– Amoureux d'une danseuse? Je ne crois pas que la duchesse en aurait été flattée.

– Mais Zivana était une danseuse exceptionnelle. Et le duc n'avait que vingt et un ans!

– Vous disiez que cette femme a été étranglée?

– C'était un crime odieux. Cela a dû être terrible pour lui, mais ils ont dit...

La voix s'atténua et Syrilla ne put saisir la suite

de cette phrase. Elle entendit cependant les derniers mots :

– ...Les femmes ne comptent plus pour lui, maintenant!

Elle était restée immobile à écouter cette conversation sans que ce fût vraiment son intention. Au moment où elle allait s'éloigner, elle entendit l'une des voix ajouter :

– Il y a dans ce château une petite pièce secrète qui est consacrée au souvenir de cette femme. Toutes les affaires qui lui appartenaient y sont réunies, jusqu'à ses chaussons de danse. Mais personne d'autre que le duc n'a le droit d'y pénétrer.

– Vraiment?

– C'est vrai. Tout le monde parlait de cet endroit il y a quelques années. Mais maintenant on n'y pense plus.

– Pourtant, le duc, lui, ne semble pas l'avoir oublié. Il semble qu'il soit toujours en deuil de son premier amour. Je n'ai jamais vu un homme aussi lugubre le jour de son mariage!

– J'ai eu la même impression. Mais venez, nous devons partir. Je crois que nous sommes les dernières.

Syrilla eut peur d'être découverte et, après avoir relevé légèrement sa robe, se mit à courir dans le couloir. Elle entra dans sa chambre et referma la porte derrière elle.

Elle s'approcha de sa table de toilette et se regarda dans le miroir. Elle commençait à comprendre, maintenant! Comment n'avait-elle pas vu plus clair dans le comportement du duc : il avait refusé de la voir avant le mariage, sa mère s'était occupée de tout... Cela aurait dû éveiller sa méfiance!

Au cours de son premier entretien avec la duchesse, elle aurait dû réaliser que celle-ci se montrait trop impatiente de voir son fils marié.

La duchesse lui avait montré des portraits de son fils enfant et ne lui avait pas caché son désir de voir autour d'elle beaucoup de petits enfants. Elle ne cessait de répéter que le château était trop grand et qu'il manquait de vie...

– Aristide a toujours été un enfant très solitaire, disait-elle. Son père et moi avons tout fait pour le distraire. Nous invitions d'autres enfants, qui suivaient avec lui les cours de ses précepteurs, mais cela ne pouvait remplacer un frère ou une sœur.

– Non, bien sûr, répondait Syrilla.

– Cela explique peut-être qu'il soit si réservé. Il n'est pas aussi expansif que le sont les garçons de son âge...

Ce jour-là Syrilla avait eu du plaisir à voir les portraits de son futur époux et elle avait été très touchée lorsque la duchesse lui en avait donné un.

Mais elle s'était fait du duc de Savigne une image qui commençait à pâlir. Elle n'était plus aussi sûre d'elle et l'éclat que le cardinal avait décelé dans ses yeux et qui ne l'avait pas quittée jusqu'à présent s'atténuait.

Le duc pénétra dans le château par une fenêtre restée ouverte et vit avec satisfaction que tous les invités étaient partis.

Comme il savait que les serviteurs étaient en

train de débarrasser et de nettoyer la salle à manger, il se dirigea vers l'autre aile du bâtiment où se trouvait une bibliothèque dans laquelle son père aimait se retirer.

Cette pièce était meublée de belles tables, de coffres précieux et les canapés y étaient confortables. Le duc se laissa tomber dans l'un d'eux et songea avec plaisir que, dès le lendemain, il serait à Paris. Maintenant qu'il était marié, il pouvait estimer sa mère satisfaite.

Quand il avait quitté le château après avoir cédé à ses prières, il avait eu l'impression d'être tombé dans un piège.

Il ne croyait pas, malgré son aspect chétif, que sa mère fût véritablement malade. Par contre, il était convaincu que c'était aux manœuvres habiles du cardinal qu'il devait d'être marié.

– Votre future épouse est bien jolie, mon cher, lui avait annoncé le prélat.

Le duc avait répondu à cela par une moue dédaigneuse. Il pensait qu'il n'appartenait pas à un ecclésiastique de juger de la beauté d'une femme.

D'autre part, Paris était rempli de jolies femmes, et les plus jolies étaient, à son avis, celles qu'il invitait à ses soirées. Cependant, une chose éveillait sa curiosité.

– Pourquoi Votre Eminence m'a-t-elle choisi une de Monceau comme future épouse? Moi, j'aurais plutôt pensé à l'une des filles du duc de Foucauld-Fleury. Nos familles étaient alliées autrefois.

– La seule fille du duc qui soit encore célibataire est déjà fiancée, mon cher Aristide.

– Vraiment! Voyons, qui d'autre aurait pu convenir, dans cette province? Dieu sait qu'il y a suffisamment de grandes maisons dans lesquelles vous auriez pu faire votre choix!

Le cardinal se sentit obligé de dire la vérité.

– Les fiançailles de la fille du vicomte de Baulaincourt ont été annoncées dans la presse une semaine avant ma visite chez eux. Quant au marquis d'Urville, il ne m'a pas caché qu'il préférerait voir sa fille morte plutôt que de vous la donner!

S'il espérait par cette remarque ébranler le calme du duc, il se trompait. Aristide se contenta de rire à gorge déployée.

– Brave d'Urville! s'exclama-t-il. Au moins celui-là est franc. Je suppose que le comte de Monceau pensait la même chose mais n'a pas osé le dire, considérant qu'il ne pouvait pas refuser une couronne ducale?

– Au contraire, dit le cardinal. Ni mon ami de Monceau ni sa fille n'étaient au courant de vos débordements!

Comme le duc paraissait sceptique, le cardinal ajouta :

– C'est la vérité, je vous l'affirme. Le comte vit en ermite et sa fille ne connaît rien du monde. Elle n'est jamais sortie des limites de son village.

– Comme c'est charmant! Une fille des champs qui ne pense qu'à la terre et qui en a probablement sur ses souliers!

Le cardinal sentit soudain le sang lui monter à la tête et il eut un désir peu chrétien de rabrouer l'insolent. Mais son sens de la mesure lui commanda de se taire.

Laisser le duc découvrir lui-même qui était Syrilla serait le plus sûr moyen de lui prouver qu'il la jugeait mal.

Au terme de ces longues réflexions, le duc se souvint qu'il avait faim et soif, car il avait laissé passer l'heure du déjeuner. Il se leva pour atteindre le cordon de la sonnette et se rassit dans son fauteuil.

Un serviteur entra et parut surpris de le trouver là.

– Monsieur le duc a sonné?

– Je voudrais quelque chose à manger et une bouteille de notre meilleur vin.

Le serviteur s'empressa d'obéir et sortit.

Le duc promena son regard dans la pièce et des images du passé lui revinrent en mémoire. Il revoyait son père installé à ce bureau et sa mère assise dans le canapé. Il entendait encore sa propre voix lorsqu'il leur racontait qu'il avait fait à Paris la rencontre d'une jeune fille.

– Elle est belle, maman! Très belle! Et bien qu'elle soit ballerine, elle est tout de même la fille d'un aristocrate russe.

– Alors pourquoi fait-elle ce métier? demanda son père sans se retourner.

– Parce qu'elle a un talent si exceptionnel que ses parents l'ont autorisée à suivre les tournées du ballet impérial. Comme vous le savez, en Russie les danseurs ont une position sociale différente de celle qu'ils ont en France.

– Est-elle vraiment très belle? lui demanda sa mère.

– Il faut que vous la connaissiez, maman. Puis-je

vous l'amener dès qu'elle pourra se libérer? Elle répète en ce moment un nouveau ballet, mais peut-être pourrai-je la persuader de venir passer un dimanche à la campagne.

– Mais bien sûr, Aristide chéri! répondit la duchesse après un moment d'hésitation. Tes amis seront toujours les bienvenus.

Aristide se souvint qu'à ce moment-là une discussion avait eu lieu entre son père et sa mère à propos de l'invitation de cette jeune fille. Mais comme il avait eu ce qu'il voulait, il ne s'en soucia pas plus longtemps et sortit dans le jardin.

Chaque fleur, chaque bruissement de feuilles lui parlait de Zivana. Il n'avait jamais imaginé auparavant qu'une créature aussi exquise pût exister. Elle avait autant conquis son imagination que son cœur.

Il ne pourrait y avoir de plus bel écrin à sa beauté que ce château dont la façade se reflétait dans les eaux du lac.

– Dieu, que je suis heureux! s'exclamait-il en pensant que Zivana et cette demeure étaient désormais indissociables. il n'y a pas d'homme plus heureux que moi!

Le cours de ses souvenirs fut interrompu par un serviteur qui apportait un plateau garni de victuailles. Mais maintenant, le duc n'avait plus faim.

– Versez-moi du vin, commanda-t-il, et allez dire à madame la duchesse que je voudrais la voir.

Le serviteur s'inclina et le duc avala d'un trait son verre de vin. Il pensait que plus tôt il remplirait ses devoirs d'époux, plus vite il pourrait retourner à l'existence qu'il avait délibérément choisie.

Il se rendit compte tout à coup qu'il ne savait même pas à quoi ressemblait son épouse. La duchesse lui avait pourtant dit, la veille du mariage, qu'un portrait de Syrilla se trouvait parmi les cadeaux; mais il n'avait pas daigné le chercher.

– Qu'importe son apparence, murmura-t-il, puisque je vais la quitter ce soir-même.

Une seule femme avait compté dans sa vie et elle... le regard du duc s'assombrit et il vida un nouveau verre de vin.

Les fantômes du passé avaient creusé ses yeux. Et de profondes rides donnaient à son visage un aspect sinistre.

Il se leva et, au même moment, se vit dans une grande glace. Il tendit son verre et dit d'un ton moqueur :

– Je bois à la postérité et au futur duc qui portera le nom que j'ai rendu si noble!

Soudain, la porte s'ouvrit.

Quand Aristide se retourna, il ne put en croire ses yeux. On l'avait trompé! La jeune fille qui s'avançait vers lui ne pouvait être son épouse.

Elle s'arrêta soudain pour le regarder. Il ne pouvait détacher son regard de ces cheveux blonds qui étaient comme un rayon de soleil sur la bibliothèque, de ces yeux d'un bleu irréel, de cette peau d'une blancheur exceptionnelle...

L'espace de quelques instants, leurs regards se rencontrèrent. Puis, comme si elle était heureuse de le voir, Syrilla s'approcha de lui. Le duc connaissait assez les femmes pour remarquer avec satisfaction la grâce de sa silhouette.

Elle s'inclina devant lui et, en se relevant, lui dit :

– Monseigneur! J'étais si impatiente de vous parler!

Le duc parut étonné.

– Comment m'avez-vous appelé?

– Mon... seigneur, répondit-elle en rougissant.

– C'est le titre que l'on donne aux dignitaires de l'église et aux princes du sang!

– Je sais, répondit-elle timidement. Mais c'est toujours ainsi que je vous ai imaginé.

– Toujours?

– Depuis le jour où je vous ai vu pour la première fois.

Le duc plissa le front.

– Je me souviens pas de cette rencontre.

Syrilla sourit.

– Ce serait difficile. Je vous ai vu, c'est la vérité, mais vous ne pouviez pas me remarquer au milieu d'une foule de deux mille personnes.

D'un geste, le duc l'invita à s'installer sur le canapé.

– Asseyez-vous et racontez-moi cela!

Syrilla obéit et lui-même regagna le fauteuil qu'il venait de quitter. Il ne parvenait pas à détacher son regard du visage gracieux de la jeune fille.

Le cardinal avait raison, elle était d'une beauté rare. Mais que diable pourrait-il faire d'une enfant de cet âge? Après tout, cela n'avait guère d'importance puisqu'il serait à Paris le lendemain!

– Qu'alliez-vous me dire? demanda-t-il enfin à Syrilla qui gardait le silence.

– Je pensais que vous n'aviez pas changé depuis

neuf ans. Sauf peut-être... cet air triste que vous n'aviez pas à ce moment-là. Mais je sais pourquoi!

– Je ne vous suis pas très bien! Où m'avez-vous vu pour la première fois?

– Je croyais que vous auriez deviné, dit-elle. Au tournoi qui a eu lieu dans ce château pour votre vingt-et-unième anniversaire.

– J'avais oublié cela! Mes parents aimaient organiser de telles reconstitutions du passé.

– Et vous étiez le chevalier. Le chevalier blanc, murmura-t-elle.

Le duc comprit à l'expression de son regard qu'elle avait gardé de lui l'image d'un chevalier dont l'habit blanc symbolisait la loyauté et la vertu.

Le tournoi avait été méticuleusement réglé et répété plusieurs fois.

Le chevalier noir, son adversaire, avait remporté deux petites victoires. Puis le duc avait eu raison de lui. Comme il ne s'agissait que d'une représentation, le bien avait naturellement triomphé du mal. Il entendait encore les vivats et les applaudissements qui venaient des tribunes et revoyait la foule des spectateurs venus de tous les coins de la Touraine.

C'était une foule joyeuse, enhardie par le vin et le cidre que le duc avait largement dispensés. Dans les tribunes, on voyait de ravissantes jeunes filles venues des châteaux environnants, vêtues de longues robes et coiffées de hennins. L'une d'elles avait remis son foulard au duc, mais le seul objet qui comptait pour lui ce jour-là était un portrait miniature de Zivana qu'il portait en médaillon autour du cou. Sans doute s'était-il montré aussi vaillant parce qu'il combattait pour quelqu'un qu'il aimait.

– Il y a déjà neuf ans de cela... dit-il, songeur.

– J'avais neuf ans aussi, ajouta Syrilla. Je n'ai jamais oublié votre fière allure et l'admiration que tous avaient pour vous.

– Ce n'était qu'un spectacle, un divertissement.

Ils demeurèrent silencieux quelques instants, puis Syrilla dit soudain :

– Puis-je vous dire quelque chose, monseigneur, maintenant que nous sommes seuls?

– Oui, bien sûr. Vous n'avez guère eu l'occasion de parler, jusqu'à présent.

– Je n'ai pas bien compris. J'ignorais il y a peu de temps encore... quels étaient vos sentiments... et vos intentions.

Le duc parut étonné. Il ignorait si sa mère avait dit à Syrilla quelle allait être l'attitude de son fils envers sa future épouse.

La veille, dès son arrivée au château, Aristide n'avait rien caché de ses projets à la duchesse qui se comportait comme s'il allait s'installer dans la maison familiale pour un long séjour.

– J'ai obéi à vos désirs, maman, avait-il dit d'un ton sec. J'abandonne ma liberté parce que vous me l'avez demandé et je ferai tout pour vous donner le petit-fils que vous désirez, mais c'est tout! Nous avons fait un marché, vous et moi, et je tiendrai mon rôle. Ne m'en demandez pas plus!

– Mais que veux-tu dire, Aristide?

– Je veux dire que j'ai l'intention de rentrer à Paris et d'y vivre.

– Pour toujours?

– Pour aussi longtemps qu'il me plaira. Mon épouse restera ici, et vous pourrez lui tenir compagnie. Elle n'entendra pas parler de moi et je ne viendrai pas troubler son existence.

– Mais... Aristide! dit la duchesse en pleurant.

– Inutile de prolonger cette discussion, maman. Rien de ce que vous pourrez dire ou faire ne changera ma décision. Une nuit devrait suffire pour que vos plus chers espoirs soient comblés. Après quoi, je ne vous devrai plus rien.

Il savait parfaitement qu'il était cruel, mais il se débattait pour se libérer des liens de soie avec lesquels la duchesse avait essayé plusieurs fois de le retenir.

Il y eut un long silence, et le duc comprit que sa mère faisait un effort pour cesser de pleurer.

Il s'avança en direction de la porte.

– Bonne nuit, maman.

Il sortit sans lui laisser le temps d'ajouter un mot.

Maintenant, il lui appartenait de faire part de ses intentions à son épouse, mais il ne savait pas quels mots employer.

Il commença d'un ton sévère :

– Dites-moi ce que vous vouliez me dire.

Syrilla, sans un mot, se leva et alla s'agenouiller près de lui.

– Je ne savais pas, jusqu'à présent, dit-elle d'une voix très douce, que vous aviez beaucoup souffert il y a dix ans.

Le duc se raidit.

– Qui vous a appris cela?

– J'ai surpris une conversation entre deux invitées au moment où je sortais de la chambre de votre mère. La plus âgée disait à son amie combien vous aviez été malheureux et combien vous aviez aimé. Elle disait aussi de quelle façon tragique vous aviez perdu votre amour. Oh, monseigneur, maintenant je comprends tout!

– Et que comprenez-vous?

– Que vous m'avez épousée uniquement pour plaire à votre mère et que vous avez une autre passion.

Comme le duc ne disait rien, Syrilla reprit :

– Je sais que toutes vos pensées et tous vos actes sont nobles et ce grand amour est ce que j'attendais de vous.

Le duc la regardait avec stupéfaction mais, sans quitter son regard, elle continua :

– Votre amour est pur et exclusif, comme l'était celui des troubadours qui se vouaient, comme vous, à la dame de leur cœur jusqu'à leur mort. (Syrilla joignit les mains.) J'ai appris ce qui était arrivé. Je jure de ne pas vous importuner et de vous aider afin que nul n'en sache jamais rien.

– Ne sache quoi?

– Votre amour est sacré et ne doit pas être un sujet de conversation. Notre arrangement demeurera secret. Bien que je sois votre épouse et que je porte votre nom, je respecterai la voie que vous avez choisie et je me tiendrai à l'écart... autant que possible.

Pour la première fois de sa vie, le duc fut si surpris qu'il en demeura interdit. L'admiration, ou plutôt l'adulation qui se lisait dans le regard de

Syrilla le déconcertait. Comment ferait-il pour expliquer à cette enfant qu'il n'avait aucun idéal et que cet amour perdu l'avait transformé en un personnage cynique et désabusé?

– Voulez-vous dire que vous ne deviendrez pas vraiment ma femme?

– Peut-être ferez-vous en sorte que je le devienne, uniquement par devoir envers votre mère. Mais ne serait-ce pas trahir l'amour que vous portez en vous? (Elle détourna son regard.) La dame qui parlait de votre amour perdu, disait qu'il y a dans ce château une pièce qui contient un reliquaire dans lequel vous conservez tout ce qui a appartenu à la femme que vous aimiez. Je crois comprendre que votre cœur y est enfermé aussi...

Il y eut quelques instants de silence, puis elle ajouta timidement :

– Cette personne disait aussi qu'aucune autre femme ne saurait compter pour vous. Donc, comme je suis une femme, et la vôtre selon la loi, je ne compte pas non plus. Mais cela, je suis prête à l'accepter. (Elle le regarda dans les yeux.) Je ne crois pas qu'il existe un cœur plus noble que le vôtre. Je vous aime depuis mon enfance et j'ai maintenant plus d'admiration pour vous que je n'en ai jamais eu.

Le duc avait l'impression d'être dans un rêve. Comment oserait-il lui dire qu'elle avait mal interprété les paroles de cette invitée? Les femmes ne comptaient plus pour lui!

A la pensée de toutes celles qu'il avait connues, il eut envie de rire. Il y en avait tant qu'il ne se souvenait plus de leurs noms ni même de leurs visages!

Mais comment le dire à Syrilla qui s'agenouillait devant lui comme une dévote devant la statue d'un saint? Jamais femme ne l'avait regardé comme elle. Cela le mettait mal à l'aise.

Il entreprit de lui expliquer qu'elle se trompait.

– Vous avez connu le chevalier blanc lorsque vous aviez neuf ans. J'en avais vingt et un. Aujourd'hui, j'en ai trente et j'ai considérablement changé.

– Rien de plus normal, répondit-elle. Papa dit toujours que celui qui ne devient pas plus sage en prenant de l'âge est un imbécile! (Elle fit un geste pour essayer de mieux se faire comprendre.) Je sais ce que vous ressentez. Ce drame a dû vous déchirer. Mais votre passion est plus forte aujourd'hui qu'elle ne l'était alors.

Sa voix s'adoucit comme elle continuait :

– Et cependant, vous êtes prêt à sacrifier ce qui vous est le plus cher pour le bien de votre mère. Cette générosité, je l'attendais de vous.

– Ma chère Syrilla, il ne faut pas avoir de moi une vision trop... romantique. Je suis un homme après tout, et je ne ressemble guère au chevalier dont vous avez gardé le souvenir.

Elle se leva et lui sourit.

– Pourquoi chercher à vous diminuer? Je ne crois pas un seul mot de ce que vous dites. N'ayez aucune inquiétude à mon sujet. Je suis heureuse, très heureuse, d'être votre femme et de pouvoir vous admirer, car vous êtes tout ce que j'attends d'un homme.

Sans attendre de réponse, elle s'approcha de la fenêtre. Le soleil jouait dans ses yeux et illuminait son visage.

– Il y a tant de choses à faire ici, reprit-elle. Je voudrais voir vos vignes, visiter vos fermes, connaître tous les trésors de ce château, vous écouter me conter leur histoire... J'aimerais aussi vous voir prendre un poisson dans le lac... (Les fossettes réapparurent sur son visage.) Vous ne pouvez pas imaginer la tentation que ce lac représente pour vos voisins! Les hommes qui m'ont parlé aujourd'hui me disaient qu'ils pourraient braconner car vous êtes rarement là pour les surveiller. Ils ont bien envie par exemple d'attraper la grosse truite qui se cache dans les roseaux! (Elle rit.) Et l'un de vos voisins a juré que si vous ne faisiez rien contre les biches qui deviennent trop nombreuses, il les chasserait lui-même!

Je dois absolument me décider à lui dire que je pars demain pour Paris, pensa le duc en se levant.

Au même moment, elle s'approcha de lui et mit sa main dans la sienne, dans un geste de confiance, comme l'aurait fait un enfant.

– Croyez-vous que nous aurons le temps d'aller visiter le jardin avant le dîner? lui demanda-t-elle. J'ai envie de m'y promener depuis longtemps, mais je préférais attendre pour le faire avec vous. Je veux voir quel a été le cadre de vos jeux d'enfant et surtout revoir l'endroit où les deux chevaliers se sont affrontés.

Le duc se dit qu'il devait faire un effort pour lui faire plaisir.

– Je crois que nous avons le temps. Après tout, le dîner attendra, s'il le faut.

Les yeux de Syrilla brillèrent de joie.

– Mais que dira le chef si le soufflé est raté?

– Qu'importe le soufflé! répondit le duc.

# 4

Non sans difficulté, Syrilla parvint à arrêter son cheval, regarda derrière elle et cria :

– J'ai gagné! J'ai gagné, monseigneur!

Le duc n'avait jamais vu une femme d'aspect aussi frêle se tenir aussi bien à cheval.

A l'occasion de cette petite course dans le parc, il avait tout de suite remarqué qu'elle montait admirablement. Avec son étalon peut-être aurait-il pu gagner mais, sans trop savoir pourquoi, il n'avait fait aucun effort dans ce sens. Jamais auparavant il n'aurait laissé une femme prendre l'avantage sur lui.

– Vous avez très bien couru, lui dit-il en se rapprochant d'elle.

Elle leva les yeux vers lui et lui répondit :

– J'ai l'impression, monseigneur, qu'une fois encore vous vous êtes montré chevaleresque!

– Vous êtes trop perspicace, ou plutôt, trop intelligente!

– Supporteriez-vous d'avoir une épouse qui ne le fût pas? Vous êtes trop intelligent vous-même!

– Comment savez-vous que je suis intelligent?

– Votre mère m'a montré tous les prix et les diplômes que vous avez obtenus à l'école et à l'université.

– Le savoir acquis dans les livres est la sagesse des perroquets! dit le duc en faisant la moue.

– Papa dit toujours : Ce qui compte n'est pas ce qu'on lit mais l'ouverture d'esprit qui en résulte!

– Il y a longtemps que mon esprit s'est refermé!

– Ce n'est pas vrai. Si vous me trouvez intelligente, c'est tout simplement parce que j'ai toujours été persuadée que j'aurais un jour assez d'audace pour vous parler comme je le fais en ce moment.

Le plus extraordinaire, pensait le duc, c'est qu'il tenait à Syrilla des propos qu'il n'avait encore jamais tenus à une femme! Avec ses compagnes parisiennes, la conversation, il fallait bien l'avouer, se bornait à des banalités. Avec Syrilla, c'était différent.

Elle lui posait des questions innombrables, suscitées par son intérêt ou sa curiosité, mais ses idées personnelles stimulaient sans cesse la discussion.

Sur beaucoup de sujets, elle semblait tenir son savoir de son père; elle ne manquait pourtant jamais de donner son propre avis et sa façon de voir les choses était tout à fait surprenante.

– Comment pouvez-vous savoir tant de choses sur l'Orient quand vous m'avez dit n'avoir jamais voyagé!

– Beaucoup de gens parcourent le monde sans voir plus loin que le fond de leur cour! J'aurais aimé connaître les lieux dont je vous ai parlé, mais je les ai tant étudiés qu'ils me sont devenus familiers.

– Beaucoup de jeunes filles de votre âge penseraient plutôt aux hommes qu'aux vestiges des civilisations disparues.

– En vérité, je n'ai jamais pensé qu'à un homme et je me suis toujours efforcée d'être digne de lui.

Le duc prit un air sceptique.

– Il devait bien y avoir d'autres jeunes gens dans votre existence. Ce chevalier blanc, vous auriez pu ne jamais le rencontrer!

– Bien sûr, il y avait le curé qui ne manquait pas de me regarder avec insistance pendant la messe quand je portais un nouveau chapeau. Il croyait sans doute se trouver en présence de la tentation de saint Antoine! (Elle sourit.) Il y avait aussi le fils du fermier Bastie! Une fois, pour me prouver son affection, il m'a apporté la moitié d'un cochon! Mais il est devenu si rouge, en me l'offrant, que je n'aurais su dire qui était le cochon et qui était l'homme!

Le duc ne put s'empêcher de rire.

– Vous savez parfaitement, Syrilla, que je veux parler des jeunes galants des environs qui entretenaient l'espoir d'épouser un jour une jeune fille aussi belle que vous!

– A Monceau-sur-Indre, j'étais totalement invisible. Mon seul bonheur était d'être avec papa et de penser à vous!

– Franchement, je ne peux croire que vous ayez pensé toutes ces années à un homme que vous n'aviez vu qu'une fois. Vous abusez de ma crédulité, Syrilla, bien que je sois assez flatté d'avoir attiré votre regard, et d'avoir aussi longtemps été l'objet de vos pensées!

– C'est pourtant vrai, monseigneur, répondit-elle avec sincérité. De plus, il y avait dans certains livres de la bibliothèque de papa, plusieurs portraits de vous qui m'ont aidé à entretenir ce souvenir.

Comme il ne comprenait pas, elle s'empressa d'expliquer :

– Ces portraits portaient le nom de Saint-Georges, de Galahad, de Jason à la recherche de la toison d'or ou encore d'Ulysse, attaché au mât de son bateau pour ne pas céder à l'appel des Sirènes. Ces images me parlaient inlassablement de vous. Il m'arrivait d'inventer des histoires dans lesquelles vous tuiez le dragon, ou accomplissiez d'autres exploits. Je crois maintenant que j'aurais dû plutôt vous imaginer comme un troubadour chantant :

« Si le ciel se gagne par l'amour et la prière,
Je serai bientôt de ce royaume. »

Saisie par l'impression qu'elle agaçait le duc, Syrilla s'arrêta.

– Pardonnez-moi, vous me trouvez sans doute impertinente de parler ainsi de votre amour secret. Je ne le ferai plus.

Le duc, qui s'était levé, s'approcha de la fenêtre pour voir les derniers rayons du soleil disparaître derrière les arbres.

– Il ne saurait y avoir d'impertinence venant de vous, Syrilla, dit-il après un long silence. Je crois que nous avons bien fait de nous parler franchement, et c'est pourquoi je veux...

Il chercha un moment le mot qui pourrait le mieux exprimer sa pensée mais, avant qu'il ne l'eût trouvé, elle s'était levée à son tour et s'était approchée de lui.

– Je n'en attendais pas moins de vous, monseigneur. Papa m'a toujours appris à m'exprimer spontanément, et je serais navrée qu'il n'en soit pas ainsi entre nous. Je vous aime et je n'ai rien d'autre à vous donner que mes pensées.

Le duc fut tenté de dire qu'elle pouvait lui donner bien plus, mais ces yeux bleux reflétaient une telle innocence qu'il se ravisa. Il changea brutalement de sujet.

– Dites-moi plutôt ce qui vous a donné une démarche aussi gracieuse. Vous avez dû recevoir quelques leçons de danse et de maintien?

Syrilla se mit à rire.

– Les seuls professeurs que je connaisse dans ces disciplines sont les oiseaux et peut-être les faons!

– Vous n'avez pas appris la danse?

Syrilla eut soudain l'air très déçue.

– J'espérais que vous ne me le demanderiez pas.

– Pourquoi?

– Parce que... monseigneur... je n'ai jamais dansé... avec un homme, je veux dire.

– Vous n'êtes jamais allée à un bal?

– Je ne voudrais pas que vous ayez honte de mon ignorance. Peut-être pourrions-nous trouver un professeur? Et lorsque j'aurais appris, pourrais-je paraître au bal avec vous?

– Rien ne presse.

– Je sais que vous n'avez pas de temps pour ces frivolités. Je voulais précisément vous demander de quelle façon je pourrais vous aider dans vos occupations, à Paris.

– Mes occupations? demanda-t-il surpris.

– Oui, votre mère m'en a parlé.

– Vraiment! Et que vous a-t-elle dit?

– Comme je lui demandais ce que vous faisiez, elle m'a répondu que vous vous occupiez des malheureux.

Le duc sourit en apprenant le pieux mensonge de la duchesse. Au moins s'était-elle arrangée pour donner à sa belle-fille une réponse plausible à une question aussi délicate.

– On m'a tant parlé de la misère et de la pauvreté, de la faim et des taudis... Il paraît que la famine s'installe dans la capitale et qu'il meurt beaucoup de gens dans les émeutes.

– C'est vrai, je crois.

Tout en affirmant cela, le duc songeait qu'il ne s'était jamais soucié de ces choses-là, car la Révolution ne l'avait pas atteint personnellement.

– Je suis contente que vous aidiez ces gens, je n'en attendais pas moins de vous. Si vous le vouliez, je pourrais vous accompagner quelquefois à Paris pour essayer d'alléger votre tâche.

Le duc vit soudain Syrilla au centre d'une de ses soirées de débauche. Il savait trop bien avec quelle facilité Suzanne, Aimie et Rosette l'auraient humiliée.

– Je ne souhaite pas que vous veniez à Paris, dit-il brusquement.

– Mais je ne ferai rien contre votre volonté. Sachez, monseigneur, que les saints n'ont jamais dédaigné l'aide de leurs disciples!

Il sourit, comme elle ajoutait :

– Je suis un disciple très fervent, comme vous le savez.

– Mais nous parlions de danse, dit-il, et non des événements de la capitale. Si vous n'apprenez pas à danser, et si vous ne m'accompagnez pas aux réceptions, que ferez-vous de toutes les belles robes que contient votre armoire ?

Syrilla considéra la robe de tulle rose ornée de boutons de roses et de rubans bleu pâle qu'elle portait.

– Je n'avais jamais eu de robes aussi belles jusqu'à présent. Savez-vous que c'est votre mère qui me les a offertes ?

– Je l'ignorais.

– Elle a été si gentille avec moi. Elle a compris que je ne pouvais pas suivre la mode puisque je vivais retirée avec papa. Alors elle a envoyé mes mesures à Paris et ces robes ravissantes sont arrivées. Sa générosité m'a touchée.

Le duc pensa que la seule intention de sa mère avait été de rendre Syrilla tout à fait séduisante. Elle semblait y avoir réussi, car ces robes mettaient en valeur les épaules et la taille mince de la jeune fille. Elle était véritablement délicieuse.

Mais elle avait bien plus que de la simple beauté. Sa vitalité la distinguait des autres femmes. Une énergie qu'elle irradiait avec une intensité surprenante. Elle donnait l'impression de pétiller et ses yeux semblaient avoir une fois pour toutes capté les rayons du soleil.

– Je dirai à votre mère que vous m'avez fait compliment sur mes robes ! Mais me pardonnerez-vous si je dis quelque chose de très personnel?

– Je croyais bien entendu que nous serions très francs l'un avec l'autre.

– Accepterez-vous de dire à votre mère combien vous l'aimez et combien elle compte pour vous? Vous êtes toute sa vie. Elle ne pense et ne prie que pour vous et je crois que chaque mot qui vient de vous reste à jamais gravé dans son cœur.

Comme le duc ne répondait rien, elle reprit :

– Elle est tellement heureuse que vous soyez marié! Je crois que si vous aviez refusé de faire ce qu'elle vous demandait, elle en serait morte. Rien d'autre n'aurait pu la retenir en ce monde.

– Vous a-t-elle dit cela?

– Non, bien sûr. Mais je l'ai immédiatement compris quand elle a commencé à me parler de vous et quand elle m'a vue dans ma robe de mariée.

– J'aurais dû vous accompagner.

– Je comprends maintenant pourquoi vous avez disparu mais votre mère ne doit pas apprendre que notre vie de couple n'est pas ce qu'elle aurait souhaité.

– Vous savez que son désir le plus cher est d'avoir un petit-fils? dit-il à mi-voix.

Syrilla fit un signe affirmatif.

– Serait-il juste de lui refuser cet héritier qu'elle a tant espéré? continua-t-il.

Il attendit avec anxiété la réponse de Syrilla.

– J'ai... j'ai songé à cela, et je me rends compte qu'il vous faut un successeur.

– Et quelle est votre conclusion?

– J'ai pensé... Je vous en supplie, ne voyez là aucune présomption... qu'un jour, peut-être, quand nous nous connaîtrons mieux, vous pourrez me considérer comme une amie et, à ce titre, me donner un enfant!

Elle avait dit cela très lentement et continua sans lui laisser le temps de répondre :

– Je sais qu'il vous sera difficile de me considérer ainsi, et puis, je ne comprends pas très bien de quelle façon un homme et une femme qui ne s'aiment pas peuvent avoir un enfant...

Comme il ne disait toujours rien, elle reprit :

– Même si vous ne parvenez jamais à me donner votre amour, je serai très très heureuse d'avoir un enfant de vous. (Le duc s'avança vers elle.) Je ne fais qu'évoquer ce qui pourrait arriver. Il peut se passer des années avant la naissance de cet enfant, car je sais que vous avez juré de demeurer chaste après avoir perdu celle que vous aimiez.

Elle ne comprit pas, à ce moment-là, l'expression qui passait sur le visage du duc, et s'empressa d'ajouter :

– Je vous en prie, pardonnez-moi, mais vous m'aviez demandé d'être franche.

– Je vous écoute avec beaucoup d'intérêt, Syrilla.

Le duc se dit que c'était le moment de mettre les choses au point. Cependant, il ne put s'y résoudre et se mit à parler d'autre chose. Plus tard, lorsqu'il entra dans sa chambre, il décida qu'il fallait sans attendre mettre un terme à cette comédie.

Il expliquerait simplement à Syrilla qu'il était son mari et qu'il avait l'intention de faire valoir ses droits. Si quelqu'un lui avait raconté comment les rêves poétiques d'une jeune épouse empêchent son mari d'avoir des relations conjugales avec elle, il aurait éclaté de rire!

Aussi décida-t-il que ce jeu devait cesser. Plus tôt il retournerait à Paris, mieux ce serait.

Comme son valet de chambre l'aidait à se déshabiller, son esprit se mit à vagabonder.

N'était-il pas en train de vieillir prématurément? Après avoir été l'amant de tant de femmes, n'être même pas capable d'expliquer à une fille de dix-huit ans ce que l'on attend d'elle!

Etait-ce son innocence qui rendait les choses aussi difficiles? Allons, elle ne pouvait être à ce point différente des autres femmes... Elle jouait sûrement la comédie. Pourtant, son adoration, la douceur de son regard, tant de choses semblaient prouver le contraire! Ce n'était pas possible! Elle ne pouvait pas se jouer ainsi de lui!

Le duc s'approcha de la fenêtre pour respirer quelques instants les parfums du soir, mais il ne put empêcher ses pensées de le submerger à nouveau.

– Me voir encore en chevalier du Moyen Age! grommela-t-il. Cette idée est absurde! Et si elle s'est confiée à mes amis, ils ont dû bien rire!

Il savait parfaitement ce que l'on disait de lui. Souvent, il lisait d'un œil amusé le compte rendu de ses soirées dans les journaux. Il avait délibérément choisi de nier les conventions, de choquer ceux dont la conduite était honorable en vivant de façon permanente dans le désordre et l'immoralité. Il y était parvenu mais cela n'avait pas suffi à guérir la blessure qu'il portait en lui.

– Au Diable tout cela! Je deviens ridicule! s'exclama-t-il à haute voix.

Il regarda, autour de lui, les murs couverts de lambris sculptés, les plafonds peints et l'immense lit à baldaquin aux armes royales.

– Cette maison est maudite! Les fantômes de mes ancêtres ne cessent de me tourmenter. C'est décidé : je retourne aux bas-fonds de Paris. Je leur appartiens désormais. Et, au moins, je m'y sens chez moi!

Par moments il lui semblait que ses vénérables ancêtres sortaient de leurs tombes pour l'attirer dans l'au-delà. Le duc entendait leurs voix qui l'appelaient et il pouvait voir leurs regards chargés d'une réprobation mitigée de pitié.

– Je ne veux pas vous écouter! se prenait-il alors à crier.

Il saisit le chandelier qui était au chevet de son lit. Un peu de cire tomba sur le tapis.

Il ouvrit la porte de communication entre la chambre du roi et celle de la reine. Elles étaient séparées par un couloir étroit où se trouvaient des placards et le petit cabinet de toilette qu'il utilisait.

Il traversa le passage en veillant à ne faire aucun bruit. Il portait une robe de chambre en velours sur sa chemise de nuit et il était chaussé de pantoufles brodées à son chiffre. Il n'avait pas ouvert la porte de la chambre de la reine depuis des années. Cela remontait à son enfance, lorsque ses parents occupaient cette partie du château. Il se souvint qu'il allait d'une chambre à l'autre, picorant le petit déjeuner de sa mère ou regardant son père se faire raser par son valet. Dans celle de la duchesse flottait toujours un parfum de fleurs. Il y avait des fleurs dans tous les vases, et en toutes saisons. Il lui sembla soudain reconnaître le parfum de ces fleurs. Mais n'était-ce pas plutôt celui que portait Syrilla et qui rappelait l'odeur du jasmin?

Le duc pensa qu'il avait passé un long moment à veiller dans sa chambre et qu'il devait être tard. Il avança sa main en direction de la porte de Syrilla et tourna lentement la poignée pour ne pas l'effrayer.

Mais le lit était vide! Syrilla était agenouillée sur le prie-Dieu qui se trouvait à l'opposé. Elle portait une chemise de nuit blanche et la lumière des chandelles allumait des reflets dorés dans ses cheveux. Ses mains étaient jointes, sa tête inclinée et elle fermait les yeux.

Le duc se tenait immobile et la regardait.

Soudain, elle tourna la tête et son regard se fixa sur le tableau qui était au-dessus d'elle.

Cette peinture, Aristide la connaissait bien. C'était une reproduction du *Magnificat* de Botticelli. Un de ses ancêtres l'avait rapportée de Florence.

Quand il était petit, c'était son tableau préféré. La Vierge tenait l'enfant dans ses bras et les anges qui l'entouraient posaient une couronne sur sa tête.

Pour la première fois, il s'aperçut que les visages de ces anges, empreints de spiritualité, ressemblaient à celui de Syrilla. Dans cette attitude recueillie, elle était plus rayonnante que jamais. Il savait pour qui elle priait et ce qu'elle demandait dans ses prières.

Alors, comme si le spectacle de cette pureté dressait entre eux une barrière invisible, Aristide referma doucement la porte et retourna dans sa chambre.

Le duc prenait son petit déjeuner dans une petite pièce ovale ensoleillée qui était exclusivement réservée à cet usage. Il venait de remplir son assiette de friture de poissons lorsque Syrilla entra.

– Je vous en prie, monseigneur, ne vous dérangez pas, dit-elle comme il se levait pour la saluer. Je suis très matinale, mais la journée promet d'être belle et je suis impatiente de faire la promenade à cheval que vous m'avez promise. Nous devions aller voir les vignes. Vous vous rappelez?

– Je n'ai pas oublié, répondit-il. En fait, j'ai envoyé un message il y a une heure à mon intendant pour lui demander de nous y attendre. Ce diable d'homme tiendra sans doute à nous faire goûter à tous les crus et nous risquons de ne pas pouvoir nous tenir en selle au moment du retour!

– Je n'ai pas l'intention de boire beaucoup, dit Syrilla d'un air sérieux.

– Je vous en empêcherais de toute façon.

Elle lui sourit d'une manière charmante.

– Avez-vous déjeuné? lui demanda-t-il.

– Oui, je vous remercie, mais mon déjeuner n'était pas aussi substantiel que le vôtre. Puis-je vous voler un croissant? Je n'ai pas pensé à demander du miel de vos abeilles. Je suis sûre que c'est le meilleur de la région!

Elle n'attendit pas sa réponse. Elle prit un croissant et le couvrit de beurre et de miel.

– Je vais finir par gonfler d'orgueil à force de vous entendre vanter les productions de mon domaine! dit-il d'un air amusé.

– Vous le pourriez sans nul doute! Vous possédez les plus belles choses qui soient. Hier encore, j'entendais un de vos gardiens d'écurie dire qu'il n'y avait pas dans la France entière un cheval aussi beau que le vôtre.

Le duc se mit à rire.

– Et je ne veux pas laisser mon vacher penser que mes vaches ne me donnent pas le meilleur lait ni mes bœufs la meilleure viande que l'on puisse trouver d'ici Cherbourg!

– Je suis sûre qu'il a raison de le penser! dit-elle. A notre mariage les invités ont été émerveillés par la qualité de vos vins.

Le duc acheva de manger sa friture et dit :

– Je ne me souviens pas avoir eu si bon appétit depuis des années. L'air d'ici doit être meilleur que celui de Paris.

Il se sentait en pleine forme. Il suivit Syrilla dans l'entrée où un valet lui remit son chapeau, son stick et ses gants.

Les chevaux les attendaient devant le perron. La tenue en piqué blanc de Syrilla la mettait mieux en valeur que sa robe vert pâle de la veille.

Un valet aida la jeune femme à monter en selle. Le duc allait mettre le pied à l'étrier lorsque Pierre de Béthune arriva en courant.

– Une lettre vient d'arriver de Paris, monsieur. Il

faut que vous en preniez connaissance immédiatement.

– Immédiatement?

– Elle porte la mention « très urgent » et le message attend pour porter votre réponse à M. Layfette.

C'était le nom de l'avocat du duc et si Pierre disait qu'il était urgent de répondre, c'était sans doute vrai.

Aristide regarda Syrilla dont le cheval piaffait d'impatience et lui dit :

– Avancez lentement, je vous rattraperai.

Elle lui sourit et dit en s'adressant à Pierre :

– Je vous en prie, monsieur de Béthune, ne gardez pas monseigneur trop longtemps, car nous avons beaucoup à faire avant le déjeuner.

– Ce ne sera pas long, madame, promit Pierre.

Il l'enveloppa d'un regard admiratif, puis suivit le duc qui était déjà dans l'entrée.

– De quoi s'agit-il? demanda-t-il à Pierre lorsque celui-ci l'eut rejoint.

– Des ennuis, je crois, monsieur.

– Quelle sorte d'ennuis?

Pierre de Béthune tendit la lettre. Le duc en prit connaissance et son visage s'assombrit.

Il s'agissait d'une fille de petite vertu qui avait été son amie. Il l'avait presque oubliée. Elle venait d'être arrêtée et la police avait découvert chez elle une quantité d'objets de valeur qu'elle avait dérobés chez ses amants. Chez lui, elle avait pris une bague d'émeraude à son chiffre, des boutons de manchette ornés d'un saphir et plusieurs objets en or, facilement identifiés. L'avocat lui demandait de déposer plainte contre elle.

Il en résulterait pour l'inculpée quelques années d'emprisonnement mais le nom du duc de Savigne serait cité devant la cour.

Le duc relut la lettre lentement et dit à Pierre :

– Au diable les bijoux! Mais les objets en or appartiennent à ma famille. Ils ont été donnés à un de mes ancêtres par Charlemagne. Je serais très mécontent de les perdre.

– La police ne pourrait-elle vous les renvoyer sans que vous ayez à déposer cette plainte? suggéra Pierre.

– Cette fille dira à la police que je les lui ai donnés. Ces créatures savent mentir pour se tirer d'affaire.

– Alors, vous allez la poursuivre?

Le duc hésita quelques instants. Cette histoire l'ennuyait beaucoup. S'il engageait des poursuites, tous ses amis sauraient qu'il avait été l'amant de cette femme qui, non contente d'être une cocotte, était en plus une voleuse.

Elle avait du charme pourtant, on ne pouvait le nier. Mais le fait qu'elle eût osé retirer les boutons de manchette de sa chemise pendant qu'il dormait le scandalisait.

– Je ne la poursuivrai pas! dit-il soudain. Arrangez-vous pour faire savoir aux receleurs que je suis prêt à racheter toutes les pièces qui portent les armes des Savigne.

– Je m'attendais à cette décision, monsieur.

Etonné, le duc regarda Pierre.

– Pourquoi donc?

– Madame la duchesse pourrait entendre parler de cette affaire et cela lui porterait un coup fatal.

Il y eut un long silence et Pierre pensa que le duc allait le tancer pour sa franchise comme il le faisait si souvent. Mais il se contenta de dire :

– Oui, vous avez raison, Pierre, cela lui ferait beaucoup de peine.

Il sortit pour aller rejoindre Syrilla, mais son intendant l'arrêta. L'homme tenait une liste de doléances. En effet, ses métayers trouvaient le loyer de leur logement trop élevé, compte tenu du peu de réparations que le propriétaire y faisait faire. Le duc parvint à se libérer au bout de quelques minutes et il monta en selle.

Son étalon galopait, plus vif que jamais, mais Syrilla était déjà loin.

Elle n'avait pas eu l'intention de s'éloigner autant du château, mais, plein d'énergie, son cheval allait au galop. Quand elle regarda derrière elle, elle s'aperçut qu'elle ne voyait plus les bâtiments.

Elle avait dépassé les limites du parc et entrait maintenant dans un bois très touffu. Il lui semblait que le raccourci à prendre pour arriver dans les vignes se trouvait sur sa gauche.

Comme elle n'avait pas l'intention de continuer sa route sans le duc, elle rebroussa chemin pour l'attendre. Mais au moment où elle faisait faire demi-tour à son cheval, quelques hommes surgirent de derrière les arbres. Elle les regarda, surprise.

C'étaient des ouvriers de l'exploitation. Tous portaient de longs bâtons et deux d'entre eux brandissaient une pique. Ils s'approchèrent du cheval pour l'encercler et le plus hardi le retint par la bride.

– Qui êtes-vous? Que voulez-vous? interrogea-t-elle.

– Où est le duc? demanda un homme aux cheveux longs.

Ses vêtements sales et déchirés, son regard fuyant, l'expression de son visage lui conféraient une physionomie inquiétante.

Aucun événement ne s'était déroulé du fait de la Révolution, à Monceau-sur-Indre. Cependant, Syrilla avait lu de nombreuses descriptions de ce qui s'était déroulé ailleurs.

Elle savait par exemple qu'à Paris deux mille soldats et civils avaient été tués et plus de cinq mille, blessés. Il y avait eu des accrochages dans toutes les villes de France et des combats furieux dont certains amis de sa mère avaient parlé.

L'homme qui tenait la bride essayait de tirer le cheval en direction du bois.

– Que faites-vous? lui demanda-t-elle.

– Vous allez venir avec nous.

– Vous n'avez pas le droit de m'emmener. Vous savez bien que vous n'obtiendrez rien de cette façon. Si vous avez quelque chose à dire à M. le duc, venez au château et demandez-lui un entretien.

– Pour être fouettés ou battus? Nous voulions capturer le duc ce matin, mais vous ferez aussi bien l'affaire! Après tout, c'est justice que la nouvelle duchesse sache comment vivent ses métayers.

L'homme parlait sur un ton singulièrement déplaisant et Syrilla pensa qu'il valait mieux ne pas insister; les autres membres du groupe ne cessaient de maugréer et leurs visages s'assombrissaient. Elle décida de se laisser conduire sans chercher à leur résister.

Ce qu'elle redoutait le plus, c'était l'arrivée du duc. Il ferait tout pour la délivrer, mais son grand fouet serait une arme bien dérisoire contre les bâtons et les piques de ces paysans.

Soudain, les crimes les plus odieux commis sous la Révolution revinrent à l'esprit de Syrilla et son cœur se mit à battre très fort.

Ses lèvres étaient sèches et son souffle court, mais elle se tenait très droite en essayant de ne pas prêter attention aux propos grossiers des hommes qui marchaient derrière elle.

Ils sortirent du bois peu de temps après. C'est alors qu'elle put voir les rangées de vignes qui s'étendaient à perte de vue.

Sous les feuilles apparaissaient les premières grappes et bien que les grains fussent encore très petits, on devinait que la récolte serait abondante.

Le groupe longea la lisière du bois et, au bout d'un moment, atteignit un petit val où coulait un minuscule ruisseau. Il marchait ainsi depuis une demi-heure environ lorsque Syrilla aperçut un village.

Il était entouré de vignes, mais ces vignes étaient bien différentes de celles qu'elle venait de voir. Les pieds étaient dépourvus de feuilles, de bourgeons, de la moindre pousse.

– Regardez autour de vous, dit brusquement l'homme qui marchait auprès d'elle. Nous vivons dans la même partie du monde et je suppose que vous savez à quoi ressemble une vigne?

– Je vois que celles-ci sont mortes ou en train de mourir. Qu'est-il arrivé?

L'homme laissa échapper un éclat de rire terrible.

– Elle demande ce qui est arrivé! s'exclama-t-il en s'adressant aux autres. Doit-on le lui dire? Peut-être qu'elle ne voudrait pas boire du vin venant de ces plants!

Sa voix résonnait de façon redoutable. Il semblait sur le point de laisser éclater sa colère.

– Je vois que cette vigne est malade, dit-elle. Ces pieds auraient dû être arrachés et brûlés...

Elle dit cela très sérieusement mais ses remarques furent accueillies par des rires et des plaisanteries.

– Si la duchesse sait ce qu'il faut faire, alors pourquoi ne dit-elle pas au duc de donner des ordres?

Des voix s'élevèrent. Syrilla comprit que la maladie des vignes était bien l'objet de leur revendication. Ils continuèrent leur route et atteignirent le village.

Là, elle put se rendre compte de l'état de délabrement de certaines maisons. De loin, elles paraissaient assez jolies, mais en approchant, on voyait des trous dans les toitures. Les fenêtres étaient tendues de toile de sac et les portes détachées de leurs gonds. Un groupe d'enfants s'avança vers eux. Un homme les désigna du doigt et dit à Syrilla :

– Ils ont faim!

Les visages des femmes étaient tristes et tendus. Les pommettes des enfants saillaient et leur maigreur était impressionnante.

Le petit groupe passa lentement devant les maisons. Les femmes qui le regardaient paraissaient trop faibles pour adresser à Syrilla ne fût-ce qu'un mot, une plainte. Un peu plus loin, une femme plus âgée sortit de l'une des maisons. Elle portait quelque chose dans ses bras.

L'homme qui conduisait le cheval par la bride s'arrêta et la vieille femme s'approcha de lui. Syrilla put voir ce qu'elle portait : un nouveau-né, avec un visage fripé et des yeux clos.

– Il est mort! lança-t-elle. Il est mort! Ce n'est pas étonnant avec un père qui n'a rien à manger!

L'homme regarda l'enfant, puis leva les yeux vers Syrilla.

– C'est votre faute! Soyez maudite! Et maudits soient tous les aristocrates. Vous avez tué mon fils, vous méritez la mort.

L'homme avait prononcé ces mots d'une façon inquiétante, mais Syrilla ne l'écoutait plus. Elle regardait l'enfant et quelque chose surgissait du fond de sa mémoire. Sans attendre, elle descendit de son cheval et prit le nouveau-né dans ses bras. Elle caressa doucement le petit visage. Il était tiède. Alors, elle se pencha vers le bébé et, posant ses lèvres sur les siennes, commença à insuffler de l'air dans ses poumons. Elle souffla aussi fort qu'elle put. Tous la regardaient, ébahis.

Au bout de quelques minutes, l'enfant bougea une main, puis l'autre et fit entendre un faible cri.

– C'est un miracle! murmura la femme qui avait apporté l'enfant.

– Le bébé est vivant! Il est vivant! C'est un miracle! Dieu soit loué! C'est un miracle!

L'enfant cria de nouveau. Syrilla l'enveloppa dans sa pauvre couverture et le tendit à la femme.

– Portez-le à sa mère, ordonna-t-elle. Il faut le garder au chaud et lui donner tout de suite à manger.

La femme émit un sanglot, comme si elle ne trouvait pas les mots pour exprimer sa joie. Puis elle s'éloigna. Syrilla s'aperçut que tous ceux qui l'entouraient la regardaient avec stupéfaction.

– C'est mon fils! dit l'homme qui était près d'elle.

– Je crois qu'il vivra, répondit-elle d'un ton calme, mais revenons aux vignes. Dites-moi plutôt pourquoi ces plants sont morts...

## 5

Tous voulaient parler en même temps, et elle eut beaucoup de mal à saisir le sens de leurs explications. Cependant, dans ce galimatias, le mot « pyrale » retint son attention et l'aida à comprendre.

Son père lui avait appris à quel point certains parasites pouvaient se révéler dangereux pour les vignes. Il lui avait parlé du « cochylis » qui était apparu en Champagne en 1771.

Le cochylis tend des fils de soie entre les fleurs et les bourgeons. Un peu plus tard dans la saison, une seconde génération s'attaque aux grappes, pique les grains et provoque la moisissure.

Il y a aussi le ver blanc du hanneton qui est l'ennemi des greffes, ainsi que la cochenille rouge qui pond ses œufs en juin et dont les larves, un mois plus tard, s'installent sur les jeunes pousses et sur la face postérieure des feuilles. Tous ces parasites étaient redoutés des vignerons, mais la pyrale, un grand papillon au corps et aux ailes jaunes, l'était plus encore que les autres.

Le comte avait expliqué que les chenilles hibernent sous l'écorce et sortent au printemps. Après avoir tissé une membrane de soie sur les vignes, elles commencent à dévorer les bourgeons. Syrilla se souvenait très bien de ce que son père lui avait appris. A Monceau-sur-Indre, ils avaient eu beaucoup de chance et, tous les ans, les raisins étaient parvenus à maturité sans mésaventure.

En présence d'un tel désastre, Syrilla savait qu'il n'y avait rien d'autre à faire que d'arracher les pieds. Quand une vigne atteint vingt-cinq ans d'âge, ses racines sont tellement importantes qu'il faut une force considérable pour les arracher. Il est nécessaire de faire un grand trou autour du pied, puis d'attacher ce dernier avec des chaînes et de le tirer avec un cheval pour l'extraire.

D'habitude on agit dès que le mal apparaît sur les feuilles. Syrilla ne comprenait pas qu'on eût laissé mourir tous les pieds. Un ordre aurait dû être donné pour retirer les premiers atteints. Elle demanda aux paysans ce qu'avait fait l'intendant du duc quand ils l'avaient averti.

– Il nous a dit de chercher du travail ailleurs, dit un vieil homme.

– Et bien sûr, vous n'en avez pas trouvé!

– Qui aurait voulu de nous à cette époque de l'année? demanda un autre. Au moment de la moisson, peut-être... Nous n'avons pas été payés depuis le début de l'année!

Syrilla comprenait maintenant pourquoi les hommes étaient furieux, pourquoi ils avaient faim. Ils lui expliquèrent qu'au début ils mangeaient des légumes et que certains d'entre eux cherchaient du travail dans toute la région.

Par la suite, parce qu'ils ne pouvaient faire autrement pour survivre, ils avaient commencé à tuer leurs poulets et leurs chèvres, ce qui les avait privés d'œufs et de lait. Leur rancœur s'était accrue quand ils avaient appris le mariage du duc. Ils avaient donc décidé de frapper un grand coup. Il fallait que le maître prît connaissance de leur misère.

Syrilla comprit que c'était le père de l'enfant auquel elle avait sauvé la vie qui avait eu l'idée de s'emparer du duc. Les paysans savaient que lorsque leur maître était au château, il faisait tous les matins une promenade à cheval dans le parc. Ils avaient donc projeté de l'enlever à ce moment-là.

Mais ils ne s'attendaient pas à rencontrer Syrilla et maintenant qu'ils la détenaient, ils étaient un peu embarrassés d'avoir pour otage une femme à la place du responsable de leurs malheurs.

– Le duc viendra sans doute vous chercher, dit l'un d'eux. Il ne tient pas, je pense, à perdre sa femme si tôt après son mariage.

On entendit quelques rires et quelques commentaires mais le ton avait changé, l'amertume avait disparu.

Maintenant, tous ces gens semblaient considérer Syrilla non seulement avec respect, mais avec une sorte de crainte. Ne faisait-elle pas des « miracles »?

Elle écouta longuement les hommes et les femmes lui exposer leurs doléances, puis elle leur dit :

– Je crois inutile de vous affirmer que le duc n'avait pas, jusqu'à présent, la moindre idée des conditions de vie de ceux qui travaillent sur ses terres. Je suis convaincue que si vous n'avez pas reçu vos salaires, ce n'était pas par sa faute.

Comme tous se taisaient, elle continua :

– Je vais retourner au château et demander au duc de venir constater l'indigence dans laquelle vous vivez. Je suis certaine qu'il prendra immédiatement des mesures afin que tout rentre dans l'ordre.

Elle essaya de faire avancer son cheval, mais un homme lui barra la route.

– Vous ne partirez pas! dit-il. Comment pouvons-nous être sûrs que le duc ne nous punira pas de vous avoir retenue prisonnière? Il peut envoyer ses serviteurs ou même des soldats pour nous chasser de nos maisons, comme son intendant menaçait de le faire!

L'homme était si furieux que Syrilla prit peur. Ses paroles avaient fait réapparaître une expression maussade sur les visages de ses camarades.

Elle essaya pourtant de lui sourire.

– Bien, répondit-elle. J'attendrai donc ici pendant que l'un de vous ira porter un mot écrit de ma main à monsieur le duc. Pourriez-vous me donner de quoi écrire?

Pendant qu'on cherchait de l'encre et du papier, les femmes qui étaient restées à l'écart s'avancèrent vers Syrilla pour la contempler de plus près.

Enfin, on apporta le papier, de l'encre et une plume. Syrilla s'assit devant une pauvre table et rédigea un billet très court. Quand elle eut fini, elle le plia et dit aux hommes :

– S'il y a parmi vous un bon cavalier, il devrait se rendre au château avec mon cheval. Cela nous ferait gagner du temps.

– Ils nous accuseront de l'avoir volé!

– Alors, allez avec mon cheval jusqu'à la lisière du bois, attachez-le à un arbre et faites le reste du chemin à pied. Quand M. le duc aura pris connaissance de ce billet, le messager l'escortera jusqu'ici.

Le plus grand des hommes lui adressa un regard dubitatif.

– Et qui nous prouve qu'il viendra seul? S'il vient accompagné d'hommes en armes, nous nous battrons. Vous serez peut-être blessée...

– M. le duc viendra seul parce que je le lui ai demandé.

Elle savait qu'ils doutaient de sa sincérité, mais il n'y avait pas d'alternative à sa proposition.

Trois hommes s'avancèrent, affirmant qu'ils étaient d'excellents cavaliers. Elle choisit le plus jeune d'entre eux car elle avait remarqué, pendant qu'elle écrivait sa lettre, qu'il caressait son cheval.

Il monta en selle et s'éloigna. Un silence contraint s'installa dans le groupe et Syrilla eut l'impression que l'agressivité des hommes avait fait place à une certaine inquiétude.

Pour détendre l'atmosphère, elle s'installa sous un arbre et se mit à parler avec les femmes. L'une après l'autre, elles s'assirent autour d'elle.

Elle leur raconta son enfance à Monceau-sur-Indre, leur parla de sa mère disparue trop tôt, de son père si doux et si savant... Elle leur raconta aussi sa première rencontre avec le duc, au cours du fameux tournoi organisé pour les vingt et un ans du jeune homme.

Plusieurs femmes se souvenaient de cette fête et

elles approuvèrent d'un signe de tête lorsque Syrilla leur décrivit la magnificence du spectacle. Le vieux duc avait alors accordé une semaine de repos à tous ceux qui travaillaient sur son domaine afin que chacun pût prendre part aux cérémonies d'anniversaire.

– Tous ceux qui, ce jour-là, ont vu M. le duc en tenue de chevalier ont compris qu'il serait toujours le champion des causes justes. Quand il apprendra vos souffrances, soyez sûrs qu'il vous rendra justice.

Après avoir cherché Syrilla un long moment dans le parc, le duc était retourné au château, pensant qu'elle était rentrée par un autre chemin.

– Elle n'est pas ici, monsieur, lui apprit Pierre de Béthune.

– Mais alors, où peut-elle être? Je ne pense pas qu'elle soit allée visiter les vignes sans moi. J'ai fouillé le bois jusqu'à la lisière et je ne l'ai pas trouvée.

– Elle ne peut pourtant pas passer inaperçue dans son habit blanc, fit remarquer Pierre.

Les deux hommes parlaient sur le perron de la grande entrée et le duc ne réussissait pas à détacher son regard de l'allée, espérant à tout moment voir surgir Syrilla.

– Cela semble extraordinaire, reprit Pierre. Peut-être a-t-elle eu un accident? Peut-être son cheval s'est-il emballé?

– Je n'ai jamais vu de cavalière plus accomplie. Et si son cheval l'avait désarçonnée, il serait rentré seul à l'écurie.

– C'est vrai.

A ce moment-là, le duc aperçut un homme qui arrivait à pied par le grand portail. Il le regarda tout d'abord avec indifférence mais, comme il continuait d'avancer vers eux, il comprit qu'il apportait des nouvelles de Syrilla.

L'homme était tout près maintenant, et il tenait un pli. Il s'arrêta au pied des marches et regarda les deux gentilshommes.

– Lequel de vous est le duc de Savigne?

Le duc descendit une marche.

– C'est moi, dit-il.

– Alors, ceci est pour vous, annonça le messager en lui tendant le billet.

Le duc en commença la lecture et Pierre put voir ses lèvres se pincer.

– Où est Mme la duchesse? demanda-t-il d'un ton sec au messager.

– Elle est avec nous à Tauxise.

– Que se passe-t-il? demanda Pierre inquiet.

Le duc lui tendit le billet de Syrilla et Pierre lut le texte suivant :

« Monseigneur,

Les hommes qui travaillent vos vignes ont été, me semble-t-il, injustement traités depuis que leurs plants ont été dévastés par la pyrale. Leur intention était de vous conduire sur place afin que vous jugiez vous-même de leur misère. Ils m'ont enlevée à votre place. Je leur ai promis que, sitôt après avoir reçu ce mot, vous viendriez seul afin de remettre les choses en ordre. Le porteur de ce billet vous servira de guide.

Croyez, monseigneur, à l'affection de votre épouse. Syrilla. »

– Ils retiennent Madame en otage! s'exclama Pierre de Béthune.

Le duc se tourna vers lui, et, comme leurs yeux se croisaient, chacun comprit l'inquiétude que l'autre ressentait.

– Vous ne pouvez pas y aller seul, monsieur, dit Pierre. C'est trop dangereux!

– Vous avez lu le billet de madame. Elle me demande de venir seul.

– Elle a peut-être écrit ce mot sous la contrainte? hasarda Pierre.

– Cela se peut mais, quoi qu'il en soit, je dois faire ce qu'elle me demande.

– Laissez-moi vous donner quelqu'un pour vous escorter... Ou, au moins, munissez-vous d'une arme.

– Inutile d'insister, Pierre.

– Enfin, monsieur... Ecoutez-moi!

Pierre n'eut pas le temps d'achever sa phrase. Le duc était déjà en selle.

– Dois-je vous prendre avec moi? demanda-t-il au porteur du billet.

– J'ai un cheval, monsieur le duc. Je l'ai laissé en bordure du parc.

– Alors, courez le chercher.

Pendant que l'homme retournait vers le parc, le duc dit à Pierre :

– Envoyez quelqu'un chercher le responsable des vignobles et demandez-lui d'attendre ici notre retour. Il devra me rendre des comptes pour tout ceci.

– Monsieur, laissez-moi venir avec vous, supplia Pierre.

– Madame veut que je vienne seul, Pierre. Et puis... elle me voit toujours en « chevalier blanc » combattant seul pour terrasser le dragon!

Il dit cela d'un ton léger avant de fouetter son cheval. Inquiet, Pierre le regarda s'éloigner.

Pendant ce temps, Syrilla avait à peu près épuisé sa réserve d'histoires. Elle n'avait pas cessé de regarder en direction du bois car elle savait que son mari arriverait par là. Quand elle vit enfin deux chevaux en sortir, son cœur eut un sursaut de joie.

Elle avait eu raison de croire qu'il ne l'abandonnerait pas! Et il était venu seul, comme elle le lui avait demandé. Dès qu'il avait aperçu le village, il avait lancé son cheval au galop et il arriva vite auprès d'elle.

Lentement, les hommes qui entouraient Syrilla se levèrent et elle les imita, immédiatement suivie par les femmes et par les enfants. Le duc ne regardait qu'elle et quand il eut sauté de son cheval, il prit ses mains dans les siennes et les baisa avec ferveur.

– Est-ce que tout va bien? lui demanda-t-il.

– Enfin, vous êtes venu! Je n'en ai jamais douté, dit-elle en pleurant de soulagement.

– Vous m'avez demandé de venir seul.

– Je vous en suis reconnaissante. Votre présence ici est indispensable.

– Qu'est-ce qui ne va pas?

D'un geste de la main, Syrilla désigna les vignes.

– Voyez plutôt!

– Qu'est-ce que c'est?

– La pyrale!

Comme elle disait cela, les hommes qui n'avaient pas soufflé mot jusque-là redevinrent loquaces.

– Oui, c'est la pyrale! dit le plus grand. Ce n'est pas votre faute si elle s'est attaquée aux vignes mais, à cause d'elle, nous avons failli mourir de faim! Oui, mourir de faim, monsieur. Regardez nos femmes, regardez nos enfants, regardez-nous!

Le duc regarda autour de lui et demanda :

– Vous n'avez pas reçu vos salaires?

Des voix s'élevèrent : tous parlaient en même temps, expliquant qu'ils étaient sans argent depuis longtemps, qu'ils avaient parcouru la région en quête d'un nouvel emploi, et qu'ils étaient rentrés au village sans en avoir trouvé. Le ton monta quand les hommes expliquèrent avec quelle dureté on les avait traités.

Au milieu de ce tumulte, le duc entendit la douce voix de Syrilla qui disait :

– Les enfants ont faim : j'ai pu en sauver un, mais les autres mourront si l'on ne fait rien pour eux. Il faut agir vite!

Le duc leva la main pour obtenir le silence et il fut obéi.

– J'ai écouté vos doléances, dit-il, et j'admets qu'elles sont entièrement justifiées. Je vais maintenant vous transmettre mes ordres et j'entends qu'ils soient exécutés.

Tous attendaient en silence.

– Vous allez immédiatement arracher ces plants, et, comme on le fait en pareilles circonstances, planter à la place des pommes de terre et de la moutarde. Ce travail vous prendra plusieurs mois mais vous savez bien qu'il n'est pas possible de replanter de la vigne sur ces terres avant cinq ans.

Le duc regarda les hommes qui s'étaient groupés autour de lui et l'écoutaient attentivement. Il reprit :

– J'ai l'intention d'étudier un nouveau projet, à savoir s'il vaut mieux implanter votre village ailleurs ou s'il est préférable de gagner sur la forêt afin de préparer de nouveaux terrains à vigne.

Il pointa son doigt en direction du bois et continua :

– Si la terre est bonne et cet endroit assez ensoleillé, il n'y a aucune raison de ne pas étendre le territoire de votre village.

On entendit un murmure dans le groupe et un homme prit la parole :

– Nous préférerions cette solution, monsieur, car nous vivons ici depuis très longtemps.

– Bien entendu, avant de prendre cette décision, il faudra examiner soigneusement le problème, dit le duc. Votre expérience me sera utile.

Il y eut un nouveau murmure et, cette fois, c'était un murmure d'approbation.

Le duc se tourna vers le groupe des femmes :

– Je suis de l'avis de Mme la duchesse en ce qui concerne les soins urgents qu'il convient d'apporter aux enfants et aux femmes. Les salaires de ce mois-ci seront payés immédiatement et le retard sera comblé au plus vite. Dès mon retour au château, je donnerai des ordres afin que les poulets et les chèvres de ma ferme soient envoyés ici. Le grain et la farine seront prélevés sur mes greniers pour que vous puissiez faire du pain.

Le visage des femmes s'éclaira aussitôt et elles acclamèrent leur maître spontanément. Très émue, Syrilla se mit à pleurer.

Enfin, le duc tira une bourse de sa poche et dit :

– Je n'ai pas beaucoup d'argent sur moi, mais ceci devrait suffire à acheter les choses de première nécessité en attendant ce que je vous ai promis. Cela ne tardera pas. Cet après-midi, j'espère.

Tout le monde applaudit à cette déclaration, et le duc ajouta :

– Je crois qu'il est temps pour ma femme et moi-même de rentrer au château.

Les hommes s'écartèrent et les laissèrent rejoindre leurs chevaux. Plusieurs femmes s'agenouillaient sur leur passage, voulant baiser qui la main, qui la robe de Syrilla. Au moment où ils mettaient le pied à l'étrier, une vieille femme accourut en portant un bébé vagissant dans ses bras et le leur présenta.

– Dieu le bénisse, madame. Que Dieu bénisse l'enfant à qui vous avez rendu la vie. Vous êtes un ange envoyé du ciel.

Syrilla eut un moment d'hésitation, puis elle posa doucement la main sur le front du bébé.

– Cet enfant est déjà béni de Dieu, dit-elle. Ce n'est pas moi qui lui ai rendu la vie, mais Dieu. Car Dieu seul peut donner la vie ou la reprendre...

Tout le monde l'écoutait parler et, sans retirer sa main de la tête de l'enfant, elle ajouta :

– Puis-je vous demander de donner à ce bébé le

prénom de l'homme qui vous apporte son aide et qui, je le sais, s'efforcera de vous rendre heureux dans l'avenir? (Elle sourit à son époux en disant ces mots :) Ce prénom, c'est Aristide.

– Ce serait un honneur, monsieur le duc, dit le père de l'enfant.

– Alors, je suis ravi qu'il porte mon prénom!

Le duc prit Syrilla dans ses bras et la hissa en selle. Ensuite, il monta à cheval et dit aux villageois :

– Vous aurez sans tarder tout ce que je vous ai promis.

Il fit demi-tour et s'éloigna lentement, suivi par Syrilla. Il attendit de s'être éloigné un peu avant d'interroger :

– Vous n'avez pas eu peur?

– Au début si, avoua-t-elle. Mais lorsque j'ai réussi à ranimer cet enfant, j'ai compris qu'ils ne me feraient aucun mal.

– Dites-moi, comment avez-vous fait?

Elle lui raconta qu'elle avait vu un jour le berger de son père sauver un agneau en lui insufflant de l'air dans les poumons.

– Je n'ai jamais entendu pareille chose, dit-il. C'est extraordinaire!

– Les gens du village avaient l'intention de vous enlever pour vous faire peur, dit-elle tout bas. Alors, je leur ai expliqué que vous ne saviez pas qu'ils étaient maltraités.

– Néanmoins, vous me blâmez d'avoir laissé une telle situation se développer sur mes terres.

Syrilla ne répondit pas.

– Dites-moi la vérité, insista-t-il.

– Je sais, monseigneur, que vous consacrez beaucoup de votre temps à secourir les pauvres de la capitale. Seulement ici aussi votre aide est nécessaire... Ces gens travaillent pour vous et, à ce titre, ils doivent être les premiers à bénéficier de votre assistance.

Le duc entrouvrit les lèvres, comme s'il voulait parler. Mais il accéléra l'allure de son cheval et Syrilla vit son visage se rembrunir.

Quand ils arrivèrent au château, Pierre de Béthune les attendait. Il descendit les marches du perron et s'avança vers eux en souriant.

– Tout va bien, madame? demanda-t-il.

– Très bien, très bien. Mais, monsieur a des choses importantes à vous dire. Ce sont des choses qui ne peuvent attendre. Je vous en prie, il faut faire vite.

Elle savait que Pierre ferait diligence et elle les quitta pour gagner sa chambre. Comme elle s'éloignait, elle entendit son époux donner des ordres d'une voix ferme, ce qui ne manqua pas de surprendre ses serviteurs.

En reprenant contact avec le luxe de sa chambre et tandis qu'une servante l'aidait à se dévêtir, Syrilla éprouva de la honte en pensant aux villageois qui manquaient des choses les plus essentielles.

Elle descendit pour rejoindre le duc qui l'attendait dans le salon. Quand elle entra, il lui présenta un verre de vin.

– Buvez ceci. Je crois que vous en avez besoin.

Elle prit le verre mais ne put retenir la question qui lui brûlait les lèvres :

– Avez-vous fait envoyer les vivres au village?

– Tout n'est pas parti. Il faudra du temps pour rassembler les chèvres et les poulets, mais pour faire patienter ces pauvres gens, j'ai fait envoyer une quantité considérable de nourriture : des jambons, de la viande, du poisson et du pain.

– Merci... Merci pour eux. Je savais que vous le feriez.

Il lui sembla que le duc la regardait d'une façon inhabituelle. Au bout de quelques instants, elle demanda :

– Avez-vous vu le régisseur responsable des vignobles?

– Il m'attend. Grand bien lui fasse! A l'heure qu'il est, il doit savoir pourquoi je l'ai fait appeler.

– Vous allez le renvoyer?

– Je me demande si je ne suis pas aussi responsable que lui de cette situation.

– Il s'est montré inhumain! s'exclama-t-elle. Je ne pense pas que vous puissiez l'être.

Le duc était sur le point de dire quelque chose lorsqu'on annonça que le déjeuner était servi.

En dépit des protestations de Syrilla, le duc insista pour qu'elle consentît à se reposer après le repas.

– Je veux rester auprès de vous! dit-elle.

– Je vais recevoir mon régisseur. Je ne crois pas qu'il vous serait agréable d'assister à cette entrevue. A dire vrai, je préférerais que vous n'y assistiez pas.

– Alors je vais aller me reposer, mais promettez-moi que nous irons au village dès demain. Je suis impatiente d'y retourner.

– Eh bien, nous irons demain, je vous le promets.

Il comprit, au regard de Syrilla, qu'il ne devait pas songer à retourner à Paris au moment où tant de choses exigeaient sa présence au château.

Mais pourquoi donc le domaine n'était-il pas administré avec autant de compétence et de rigueur qu'il l'avait été du temps de son père ?

Le duc connaissait parfaitement la réponse à cette question, mais il lui était difficile de l'exprimer...

Syrilla s'étendit sur son lit et songea à son bonheur.

Elle se sentait heureuse comme elle n'aurait jamais cru pouvoir l'être. Elle pria pour que le duc comprît que sa présence au château était indispensable et qu'il devait retarder son départ pour Paris.

Ils ont tous besoin de lui, pensa-t-elle.

En fait, au fond d'elle-même, elle désirait le retenir pour elle-même. Pour vivre avec lui des jours heureux dans cette province paisible. Elle ne savait trop pourquoi, mais elle redoutait Paris. Elle se sentait incapable d'avoir un jour la moindre attirance pour la société brillante à laquelle le duc appartenait. Comment ferait-elle pour accompagner son époux à des réunions mondaines, sans risquer de le ridiculiser par la pauvreté de sa conversation et ses robes provinciales ?

– Mon Dieu, faites que nous demeurions ici et que nous y soyons heureux, murmura-t-elle. Que personne ne vienne jamais troubler cette quiétude.

Elle ne savait pas précisément ce qu'elle entendait par « personne » mais il lui semblait que son bonheur était menacé.

Etait-ce par la mission à laquelle le duc avait consacré son existence? Etait-ce par les gens qui l'entouraient? Elle ne voyait pas clairement ce que deviendrait le couple qu'ils formaient. Il lui semblait qu'un nuage planait au-dessus du château et que rien ne pourrait le chasser. Pourtant, le duc n'avait pas encore parlé de rentrer à Paris.

– Je l'aime! s'écria-t-elle. Je l'aime de toutes mes forces. Faites qu'il partage mon amour. Faites que je puisse le retenir ici, je ne demande pas autre chose.

Elle pria un moment encore, puis elle s'endormit, anéantie par la fatigue.

Elle fut réveillée par une servante qui préparait son bain, et elle s'aperçut, non sans surprise, qu'il était presque l'heure de s'habiller pour le dîner.

L'entrevue avec le régisseur devait être terminée depuis longtemps et elle regrettait d'avoir perdu les précieux instants qu'elle aurait pu passer en compagnie de son mari.

– Vite, vite, Marie! Apportez-moi ma plus jolie robe.

Malgré tout le zèle que Marie put déployer, il fallut du temps avant que Syrilla ne fût baignée, parfumée et habillée. Enfin prête, elle apparut sur le palier dans une robe de tulle blanc parsemée de petits boutons de roses. Au cou, elle portait un collier de diamants auquel pendait un médaillon en forme de cœur.

Elle descendit le grand escalier à vive allure et se dirigca vers le salon où le duc devait l'attendre. Mais seul un valet l'accueillit.

Comprenant que le duc était sur la terrasse, elle s'apprêtait à franchir la porte-fenêtre quand elle vit Pierre de Béthune s'approcher de son maître qui regardait le lac.

La voix de Pierre trahissait son inquiétude.

– Monsieur, les journaux de Paris viennent d'arriver. Ils disent qu'Astrid est sorti de prison il y a trois jours!

Syrilla, immobile dans l'encoignure de la porte, ne put se retenir d'écouter la suite de la conversation car ce nom d'Astrid ne lui était pas inconnu.

– Astrid? répéta le duc. Il a donc accompli sa peine... Huit ans... Huit ans déjà...

– Il est libre maintenant, monsieur, et vous devez vous tenir sur vos gardes.

Comme le duc se taisait, Pierre continua :

– Vous vous souvenez qu'il avait juré de vous tuer?

– Il y a longtemps de cela, Pierre. Sa résolution a eu le temps de fléchir pendant ces années de prison.

– Ne croyez pas cela, monsieur, insista Pierre. Astrid est une bête! Une bête féroce.

Il s'interrompit un instant et termina en frissonnant :

– Je l'entends encore vous insulter. Il avait l'air d'un fou.

– Il était fou, en effet. Mais maintenant, il est en liberté, Pierre. Je ne peux rien y faire.

– Vous devez être vigilant.

– Et comment? demanda le duc d'un ton badin.

– Je vais donner des instructions afin que la garde du château soit doublée. Je vais aussi mettre en place des patrouilles sur toute la propriété. Les hommes seront accompagnés de chiens. De plus, ils seront armés, et auront l'ordre de tirer à vue.

– Il me semble que vous dramatisez un peu, Pierre. Et puis..., s'il m'étranglait, ce ne serait que justice!

– Ne parlez pas ainsi, monsieur, coupa Pierre. Je vous en supplie, pensez à Mme la duchesse. N'exposez pas votre vie inutilement.

Syrilla sentit, à ce point de la conversation, qu'elle devait intervenir. Elle sortit de sa cachette et dit :

– J'ai tout entendu. (Elle se précipita vers le duc.) Oh! Monseigneur, vous êtes en danger!

– Pierre exagère, répondit Aristide calmement. Je ne cours aucun danger, Syrilla. Cet homme a passé huit ans en prison. Croyez-moi, il ne doit pas avoir envie d'y retourner pour huit ans de plus!

– Mais... Il vous a menacé! murmura-t-elle.

– Les hommes condamnés pour meurtre sont capables de dire n'importe quoi.

– Pourquoi ne l'a-t-on pas... guillotiné?

Il y eut quelques instants de silence.

– C'était un crime passionnel et les jurés ont laissé parler leur cœur.

Syrilla allait dire quelque chose lorsqu'il la devança :

– Mais laissons cette conversation, voulez-vous. Vous n'auriez rien su de cette affaire si Pierre n'était pas venu me faire des recommandations de mère-poule! Oubliez cela, Syrilla. Savigne est la retraite la plus sûre que l'on puisse imaginer. Et sous la garde de Pierre, nous ne risquons rien!

Le duc regarda Pierre dans les yeux en disant cela, et le jeune homme comprit qu'il devait se retirer.

– Je vous demande pardon, monsieur, d'avoir mentionné cette affaire. Je crois que je me suis inquiété sans raison...

Il s'inclina et s'éloigna.

– Je vous en supplie, monseigneur, dit Syrilla, soyez prudent. Si quelque chose vous arrivait, il me semble que je perdrais toute raison de vivre!

# 6

Comme ils avaient terminé de dîner et passaient au salon, Syrilla demanda au duc :

– S'il vous plaît, monseigneur, dites-moi ce que vous avez fait cet après-midi.

Il comprit à quoi elle faisait allusion et, après s'être assis, lui répondit :

– J'ai congédié le régisseur responsable des vignobles, ainsi que mon commanditaire. Ils savaient tous deux parfaitement ce qui se passait à Tauxise.

– Je suis si contente! Je ne peux pas supporter l'idée que ces gens aient souffert. Et ils n'étaient certainement pas les seuls!

– Je ferai en sorte que cela ne se produise plus jamais. Ce régisseur venait de Bordeaux et m'avait pourtant été vivement recommandé. Je veillerai désormais à confier mes vignes à un homme de la région mieux apte à comprendre ce que nous attendons de lui.

Il y eut un long silence au cours duquel le duc remarqua que quelque chose préoccupait Syrilla.

– Qu'avez-vous? interrogea-t-il.

Elle hésita un instant et répondit timidement :

– Je ne voudrais pas paraître importune.

– Il me semble que vous avez quelque chose à me dire, Syrilla. Et je veux que vous me parliez franchement. (Elle hésitait toujours.) Après tout vous êtes ma femme, et tout ce qui me concerne et concerne cette propriété vous concerne aussi.

– J'avais oublié cela, dit-elle simplement.

– Maintenant, avouez-moi ce qui vous préoccupe.

– Je sais que je ne devrais pas attacher d'importance aux propos des serviteurs... mais ils parlent beaucoup. Même Marie, ma femme de chambre, quand elle m'aide à m'habiller.

– Je comprends cela, affirma le duc en souriant. Gustave, mon valet, m'entretient aussi de choses diverses.

– Le frère de Marie est garçon d'écurie, continua-t-elle. Et quand vous n'êtes pas là, on dit que les chevaux sont... négligés.

– Qu'entendez-vous par « négligés »?

– Je sais que votre palefrenier est très vieux, et qu'en hiver il souffre de rhumatismes... mais il confie tout son travail au premier valet, un paresseux qui nourrit mal les chevaux.

– Je vais envoyer au diable tous ces incapables! Ne serai-je jamais servi convenablement?

Il semblait si contrarié que Syrilla hésita un moment avant de lui dire :

– Maman disait que les serviteurs sont comme les acteurs. Ils ont besoin d'encouragements et ne déploient tous leurs talents que si on sait leur adresser des louanges!

Tournant le dos à Syrilla, le duc s'approcha de la cheminée.

– Vous me conseillez donc, si je comprends bien, de mieux surveiller la bonne marche de la maison?

– Je ne voulais pas vous contrarier en vous disant cela, mais je ne pouvais pas vous cacher la vérité. Si le jardin est bien tenu et si personne ne le remarque, pourquoi les jardiniers feraient-ils un effort pour l'entretenir?

Elle fit une pause avant de continuer d'une voix hésitante :

– Vos chevaux sont en très bonne santé, mais vous n'êtes jamais là pour les monter. Pourquoi voulez-vous que le palefrenier fasse son travail consciencieusement?

Elle devinait que son mari fronçait les sourcils.

– Je vous en prie, ne m'en veuillez pas de vous dire tout cela... Vous m'aviez demandé d'être franche avec vous.

– Je veux que vous me donniez toujours votre avis, en effet, car je suis sûr que tout ce que vous dites est vrai et sincère.

– Je dis toujours la vérité et vous êtes la dernière personne à qui je pourrais mentir.

– Vous n'êtes pas comme certaines femmes que je connais!

– Je sais combien je dois être maladroite et stupide en comparaison des Parisiennes que vous fréquentez.

On discernait une nuance de regret dans le ton de sa voix. Le duc était sur le point de continuer, mais il se ravisa.

– Vous avez eu une longue journée, Syrilla, et vous devez être très fatiguée. Vous devriez aller vous coucher. Nous reprendrons cette conversation demain matin.

– Je préférerais rester avec vous.

– Vous avouerai-je que j'ai beaucoup de travail? Les événements d'aujourd'hui remettent beaucoup de choses en question. Ils vont peut-être même changer le cours de mon existence...

Syrilla ne comprit pas très bien ces paroles sibyllines et préféra ne pas insister. Elle se leva.

– Je voulais vous dire que j'ai éprouvé une grande fierté en vous voyant arriver à Tauxise ce matin. J'avais dit aux villageois que vous alliez résoudre tous leurs problèmes. Pourtant, je savais bien qu'ils ne me croyaient pas! (Elle le regarda avec admiration.) Et vous ne m'avez pas déçue, vous êtes venu! Vous étiez comme éclairé par une grande lumière. Je savais que vous leur rendriez le bonheur.

Quelque chose d'étrange passa entre eux et Syrilla sentit son cœur battre à toute allure. Tout semblait disparaître autour d'eux et elle ne voyait plus que lui.

– Allez dormir, Syrilla, et laissez-moi réfléchir.

Il prit sa main et la porta à ses lèvres. Elle sortit de la pièce, mais garda un long moment la sensation de ce baiser.

Marie l'aida à se déshabiller et allait souffler les chandelles lorsque Syrilla la rappela :

– Marie, ouvrez les rideaux de la fenêtre du milieu, j'ai envie de voir les étoiles.

– Bien, madame. J'espère que le jour ne vous réveillera pas.

– Je me lèverai tôt, répondit la jeune femme, car j'ai beaucoup de choses à faire.

Quand elle fut seule, Syrilla se mit à regarder le ciel teinté des dernières lueurs du couchant. Les premières étoiles semblaient de minuscules diamants.

Bientôt, elles se réfléchiraient dans le lac. Il n'y avait pas au monde d'endroit plus beau que Savigne.

– Il est vrai qu'il n'y a pas d'homme plus exceptionnel que son propriétaire! soupira-t-elle.

Elle se souvint alors de l'étrange sensation qu'elle avait éprouvée au moment où ils s'étaient dit bonsoir. Elle était sincère lorsqu'elle lui avait dit qu'à son arrivée au village de Tauxise, il lui était apparu auréolé de lumière. Il ressemblait au chevalier à l'armure d'argent dont elle avait gardé le souvenir, le jour du tournoi.

Elle l'avait aimé tout de suite. Cependant, elle se rendait compte à présent que ce n'était qu'un amour d'enfant. L'adoration qu'elle avait pour lui ressemblait à celle que l'on a pour une divinité.

Maintenant, le duc était un homme et Syrilla n'ignorait pas qu'au cours des jours qui venaient de s'écouler, son propre amour avait changé. Lorsque le duc avait pris sa main pour l'embrasser, elle aurait préféré qu'il déposât un baiser sur ses lèvres!

– Je l'aime... Je l'aime! s'exclama-t-elle. L'amour que j'ai pour lui, maintenant, est celui d'une femme.

Ses tempes se mirent à battre violemment, et elle éprouva une sensation si étrange qu'elle se leva brusquement et alla s'agenouiller sur le prie-Dieu.

Elle pria avec ferveur pour être aimée de lui :

– Faites qu'il oublie son autre amour. Faites qu'il pense à moi et qu'il m'aime comme un homme aime une femme. Mon corps tout entier le désire, mes lèvres l'appellent et mon rêve le plus cher est de me sentir emportée dans ses bras. Je l'aime. Mon Dieu! Comme je l'aime! Un amour qui vient du plus profond de moi-même peut-il ne pas être sincère? Je l'aime tant qu'il emplit toute ma vie, que rien d'autre n'existe au monde que lui.

Syrilla ne se souvint pas combien de temps elle avait prié ainsi. Mais elle l'avait fait avec tant de conviction que Dieu n'avait pu manquer de l'entendre. Elle dit encore une fois le « Gloria » comme sa mère le lui avait appris et termina sa prière.

Alors qu'elle se signait, elle entendit un bruit qui venait de la fenêtre. Elle crut que c'était un oiseau ou une chauve-souris qui cherchait à entrer dans la chambre. Toujours agenouillée, elle se tourna vers la fenêtre et ce qu'elle vit était si étrange qu'elle ne comprit pas tout de suite de quoi il s'agissait.

Les étoiles tout à l'heure si brillantes étaient maintenant à demi cachées par une ombre gigantesque qui descendait sur la terre.

Plus surprise qu'effrayée, Syrilla se leva lentement. Elle s'approcha de la fenêtre et vit enfin se découper sur le ciel la silhouette d'un homme. Soudain, elle comprit tout : qui était cet homme, le danger qu'il représentait, ce qu'il venait faire! Elle poussa un cri de terreur lorsqu'il se jeta sur elle.

Le duc passa un long moment dans le salon à réfléchir, puis, comme il ne trouvait pas de solution à ses problèmes, il décida d'aller se coucher.

Gustave, son valet, l'attendait. Comprenant que son maître n'avait aucune envie de bavarder, il l'aida à se déshabiller en silence, lui souhaita bonne nuit et se retira.

Le duc alluma les chandeliers et se glissa dans son lit en pressentant qu'il ne trouverait pas le sommeil.

Il aurait voulu passer la soirée à faire des projets mais son esprit était occupé par le souvenir d'Astrid.

La scène du tribunal hantait sa mémoire, aussi claire que si elle s'était déroulée la veille. Pourtant, il y avait déjà huit ans de cela...

Il entendait encore la voix d'Astrid le maudire et lui crier des injures, jurant que tôt ou tard il l'étranglerait de ses mains.

– Je te tuerai, mon joli duc! hurlait-il, alors que les gendarmes l'emmenaient. Tu mourras, tout comme Zivana est morte, en suffoquant. Ton joli visage deviendra tout noir! Ensuite, tu iras rôtir en enfer...

C'était le terme d'un procès pénible et humiliant. Un procès qui avait fait prendre conscience au duc qu'il ne serait plus jamais le même homme. Après, pour tenter d'oublier, il s'était mis à faire la fête continuellement.

Aristide se remémora sa première rencontre avec Jules Astrid. L'homme faisait alors partie d'une troupe d'acteurs qui jouait au théâtre des Variétés où Zivana dansait. Astrid lui était apparu comme un personnage magnifique mais il n'avait pas tardé à apprendre qu'il n'en avait pas toujours été ainsi. Pour accéder à son désir de monter sur scène, l'acteur avait été assistant d'un dompteur de lions, puis acrobate. Il avait été remarqué pour sa belle allure, on lui avait offert une place dans une troupe qui partait pour une tournée en province, et, très vite, il avait pris la tête de cette compagnie. Un impresario parisien lui avait ensuite proposé de donner la réplique à une actrice célèbre, mais déjà âgée. La pièce avait été jouée avec succès dans plusieurs théâtres de Paris.

Le duc ne soupçonnait pas alors que Zivana et Astrid, qui avaient joué dans le même théâtre, se connaissaient.

Ce ne fut qu'au moment du procès qu'il découvrit les liens qui les unissaient. Il n'était pas seul à ignorer cette situation : la vieille actrice ne savait rien non plus. Elle était extrêmement jalouse et exigeait qu'Astrid jouât les amants non seulement à la scène mais aussi à la ville.

Dans son lit, le duc revoyait le visage menaçant d'Astrid. Il fallait qu'il l'oublie. Il devait l'oublier.

Mais combien de fois avait-il essayé sans y parvenir tout à fait! Alors même qu'il croyait être sur le point de s'en libérer et de changer d'existence, « l'étrangleur » sortait de prison pour se venger. Le duc ne craignait pas de voir l'acteur le provoquer en combat singulier car il ne doutait pas de son aptitude à se battre, mais plutôt de se faire tuer de façon déloyale.

Et après tout, si Astrid le tuait, quelle importance?...

Quelques instants plus tard, le duc se reprit et songea qu'il n'avait nullement envie de mourir.

Jusqu'ici, la vie ne lui avait pas paru un bien très précieux. Après le procès, il n'avait songé qu'à s'amuser. Mais maintenant, dans l'obscurité de sa chambre, il se demandait quelles réelles satisfactions lui avaient apporté ces années de fête perpétuelle.

Sa dépravation lui avait fait horreur bien des fois.

Tout l'argent qu'il avait consacré à ces fêtes, n'aurait-il pas pu le dépenser plus utilement? Cette pensée l'incita à se lever! Il ouvrit les rideaux et regarda le jardin plongé dans la nuit. Il se rendit compte alors qu'il n'avait pas fait ce geste depuis qu'il était enfant. Le domaine de Savigne était sa propriété, son royaume, et il avait mille raisons d'en être fier!

Les étoiles se reflétaient dans l'eau du lac et les grands arbres se découpaient sur le bleu sombre de la nuit. Un parfum de fleurs emplissait l'air. Celui des giroflées, la fleur préférée de sa mère, dominait.

Dans l'après-midi, Aristide avait rendu visite à la duchesse douairière et avait perçu son inquiétude à l'idée de son prochain départ pour Paris.

– Tu m'as comblée de bonheur, Aristide, lui avait-elle dit avec douceur.

Le docteur avait bien recommandé au duc de ne pas rester trop longtemps auprès d'elle afin de ne pas la fatiguer.

– Je reviendrai vous voir demain, maman, dit-il.

Il l'embrassa et sentit qu'elle le retenait.

– Que Dieu te bénisse, mon cher enfant, murmura-t-elle.

En quittant la chambre, il songea que les seules personnes qui pouvaient le sauver de la vengeance d'Astrid étaient sa mère et Syrilla.

Leurs prières pourraient chasser les démons qui l'assaillaient, les fantômes qui le hantaient depuis si longtemps. Cependant, elles n'écartaient pas le danger d'une vengeance.

Tout à coup, Aristide eut l'impression que ce danger se faisait plus précis, qu'il était même tout proche. Il en acquit d'un coup la certitude et se mit à trembler.

Sa frayeur était telle qu'il s'approcha du coffre qui se trouvait au pied de son lit et l'ouvrit.

C'était un joli coffre de bois de rose incrusté d'ivoire, contenant plusieurs casiers. Dans le premier se trouvait un pistolet qu'il avait chargé dès qu'il était entré dans la chambre pour se coucher. Il se trouva soudain ridicule. Comment un homme – quel que fût son désir de tuer, – aurait-il pu franchir le système de défense que Pierre de Béthune avait mis en place?

N'avait-il pas entendu les gardes chargés de la surveillance faire leur ronde? Ne savait-il pas que les gardes-chasse avaient reçu l'ordre de patrouiller toutes les trois heures dans les jardins, le parc et les bois environnants? Tout cela aurait dû suffire à le rassurer. Pierre n'était qu'un poltron et il était stupide de l'écouter!

Malgré cela, il ne réussit pas à vaincre tout à fait

son angoisse. Enfin, n'y tenant plus, il ouvrit la porte qui donnait sur le petit couloir conduisant à la chambre de Syrilla. Il se sentait le devoir de la protéger.

Aucun bruit ne venait de la chambre. Il pensa une fois de plus qu'il avait eu tort de s'affoler et qu'il aurait mieux fait de rester couché.

Si toutes les nuits se passaient ainsi, il ne tarderait pas à devenir fou!

Il retourna dans sa chambre mais au moment où il allait refermer la porte de communication, il entendit Syrilla crier. Il se précipita, ouvrit la porte et l'entendit hurler :

– Vous ne tuerez pas monseigneur! Vous ne pourrez lui faire aucun mal!

Dans l'obscurité, il distingua sa silhouette blanche aux prises avec une forme humaine gigantesque.

Il comprit immédiatement. Astrid avait réussi à pénétrer dans le château et il était sur le point d'étrangler la jeune femme.

– Tu mourras comme Zivana, disait-il en rugissant.

Avec un parfait sang-froid, le duc sortit son arme, tira et atteignit l'homme en plein front. Astrid tomba à la renverse et s'abattit lourdement sur le plancher.

Aristide releva Syrilla qui s'était évanouie et l'emmena dans sa chambre sans un regard pour le corps de son ennemi.

Il la déposa sur son lit et l'installa confortablement entre deux oreillers. Mais comme la tête de la jeune femme retombait lourdement en arrière, Aristide eut très peur qu'elle ne fût morte. Son cou portait des marques de strangulation et ses yeux demeuraient fermés. Il se précipita sur la sonnette et, en attendant l'arrivée de quelqu'un, se pencha sur la jeune duchesse et posa son oreille contre sa poitrine.

Au moins elle était vivante puisque son cœur battait! Il la couvrit avec la courte-pointe de velours et s'agenouilla auprès d'elle un moment.

Enfin, trouvant que son valet tardait à venir, il ouvrit la porte et appela. Gustave arriva en courant tout en boutonnant son habit.

– Envoyez chercher un médecin immédiatement! cria Aristide. Et dites à M. de Béthune de venir sans tarder.

Le valet obéit aussitôt, mais à peine avait-il descendu les premières marches que Pierre de Béthune apparut sur le palier.

– Que se passe-t-il? demanda Pierre. Il m'a semblé entendre un coup de feu.

– Vous avez bien entendu. J'ai tué Astrid! Il était dans la chambre de Madame.

– Mais... Comment a-t-il pu entrer?

– Il a dû venir par les toits, et descendre avec une corde. C'est un ancien acrobate, ne l'oubliez pas.

– Mon Dieu! s'exclama Pierre.

Comme le duc retournait vers sa chambre, Pierre demanda :

– Et Madame?

Il suivit son maître et vit Syrilla étendue sur le lit.

– Il a essayé de l'étrangler! lui apprit le duc.

– De l'étrangler! murmura Pierre de Béthune en découvrant le visage très pâle de Syrilla.

Il s'agenouilla près du lit et prit le poignet de la jeune femme pour en tâter le pouls.

– Elle est vivante!

Il regarda son maître et, sans échanger une parole, ils songèrent tous les deux au choc qu'elle avait dû subir. Le duc approcha un chandelier afin de mieux examiner le visage de Syrilla. Il avait cru déceler des cernes sous ses yeux mais il se rendit compte à la lumière qu'il n'en était rien. Il poussa un soupir de soulagement et dit à Pierre :

– Demandez si l'on est allé chercher le médecin et assurez-vous que ce monstre d'Astrid est bien mort. Je crois l'avoir touché au front.

Pierre se leva sans un mot et passa dans la chambre voisine. Aristide resta auprès de sa femme et, au bout de quelques instants, vit ses paupières bouger.

– Syrilla?

Un léger sourire apparut sur les lèvres de la jeune femme, comme si elle l'avait reconnu. Elle essaya de parler, mais ne parvint pas à articuler un mot. Il approcha sa main de son visage et murmura :

– Ne dites rien! Cette brute vous a malmenée. Si vous comprenez mes paroles, faites-moi seulement un signe de la tête.

Il approcha son visage du sien et lui demanda :

– Est-ce que vous souffrez?

Elle fit un signe négatif, presque imperceptible. Alors, comprenant que tout allait redevenir normal, il prit sa main et la baisa.

– Reposez-vous encore. J'ai demandé que l'on aille chercher le docteur. Il sera là dans quelques minutes. Ne bougez pas. Le choc a été rude, mais vous êtes sauvée.

Il lui sembla qu'elle voulait parler et crut saisir qu'clle lui demandait s'il était blessé.

– Tout va bien pour moi, dit-il doucement. Vous vouliez me sauver et vous avez réussi! Vous avez donné l'alarme en criant et, Dieu merci, je suis arrivé à temps pour abattre ce fou!

Il vit qu'elle comprenait ce qu'il disait, car sa main étreignit la sienne.

– Vous êtes hors de danger, murmura-t-il.

Elle lui sourit. C'était sans doute ce qu'elle avait souhaité entendre.

Il prit de nouveau sa main et y déposa un baiser, puis un autre, puis un troisième pour manifester sa joie de la voir revenir à la vie.

Quand Syrilla s'éveilla, un rayon de soleil pénétrait dans la chambre par les fentes des rideaux et elle crut que c'était le matin.

Les événements de la nuit précédente lui revinrent peu à peu en mémoire, et elle se souvint vaguement de la présence du docteur à son chevet.

Il lui avait donné à boire une potion qui l'avait plongée tout de suite dans un profond sommeil.

Elle s'aperçut qu'elle n'était pas dans sa chambre, mais dans celle de son époux.

Dans la semi-obscurité, elle reconnut les grands lambrequins sculptés qui surmontaient les trois fenêtres. Elle se souvint peu à peu de ce qui s'était passé la veille. Elle revit Astrid bondir sur elle et tenter de l'étrangler.

C'était une folie de sa part de vouloir protéger le duc de la vengeance de cet homme alors qu'elle n'avait aucune arme à sa disposition. Pourtant, elle ne désirait qu'une chose : sauver celui qu'elle aimait. Elle en avait oublié le prix de sa propre vie!

Ce ne fut qu'au moment où elle allait perdre la respiration sous l'étreinte terrible du criminel qu'elle lança ce cri qui lui valut d'être secourue.

Avant de s'écrouler sur le parquet, elle avait entendu un coup de feu qui lui paraissait maintenant bien lointain. Ensuite, elle avait vu son mari agenouillé auprès d'elle, son visage tout près du sien.

Il avait posé ses lèvres sur sa main, elle se souvenait de cela! Malgré sa fatigue et son insensibilité à ce qui se passait, elle avait eu l'impression que ce baiser lui insufflait de l'énergie!

Elle voulait entendre le duc parler et parler encore...

Les meurtrissures de sa gorge n'avaient pas d'importance puisque le duc était vivant et qu'ils étaient ensemble! Elle n'espérait qu'une chose : ne pas être défigurée car elle voulait être belle pour lui plaire. Elle fit un effort et, malgré l'effet du somnifère, réussit à porter une main à son cou. Il était douloureux et elle avait du mal à avaler. Cela lui semblait pourtant un peu moins difficile que la veille.

Elle entendit quelqu'un s'approcher de son lit et vit Marie qui se penchait sur elle et la regardait.

– Vous êtes réveillée, madame? Le docteur m'a dit de vous donner un médicament dès votre réveil pour calmer la douleur.

Sans attendre la réponse de sa maîtresse, elle approcha un verre de ses lèvres et lui souleva la tête pour qu'elle pût boire.

Syrilla trouva cette boisson plus agréable que celle de la nuit précédente! Marie laissa reposer doucement la tête de la blessée sur l'oreiller et lui demanda :

– Puis-je faire autre chose pour vous, madame? Vous n'avez pas besoin de parler, un geste de vous suffira.

Syrilla montra les rideaux. Marie les ouvrit et le soleil inonda la chambre. La jeune femme regarda autour d'elle et se sentit troublée de se trouver dans la chambre du duc, couchée dans son lit. Il avait préféré ne pas la laisser dormir dans la pièce où avait eu lieu l'horrible scène de la veille.

Au fond, elle n'était pas mécontente de la mort d'Astrid. Dieu merci, le duc était sauf, mais elle avait eu très peur pour lui. Elle s'étonnait que le meurtrier eût essayé de l'étrangler comme Zivana.

Le premier crime avait brisé la vie d'Aristide. Comment le duc aurait-il réagi à la mort de Syrilla si la funeste tentative avait été accomplie?

Astrid était mort mais Zivana vivait toujours dans le cœur d'Aristide. Syrilla avait maintes fois essayé d'oublier la pièce fermée à clef dans laquelle le duc conservait les souvenirs de son amour perdu. Elle avait été si heureuse avec lui, ces jours derniers, qu'elle y était presque arrivée.

Maintenant, il lui fallait reprendre son combat : l'amour du duc était enfermé dans cette pièce et Syrilla devait le délivrer. Pour la première fois, elle éprouva de la jalousie. Une jalousie qui pénétrait son cœur comme un stylet et la faisait souffrir bien plus que ses blessures au cou. Elle voulait mériter l'amour du duc, elle voulait être aimée de lui comme il avait aimé Zivana.

Elle avait cru pouvoir se contenter d'une solide amitié, ou encore du privilège de l'admirer comme lorsqu'elle était enfant. Mais ce n'était pas assez – non, pas assez!

Ce qu'elle avait fait en s'opposant à la vengeance d'Astrid était le geste d'une femme amoureuse, d'une épouse courageuse.

– Je veux être aimée de lui! s'exclama-t-elle. Je mérite son amour. Il doit rester auprès de moi, je veux être sa femme. Je veux qu'il me prenne dans ses bras et qu'il m'embrasse comme un mari doit le faire!

Mais le souvenir de Zivana était encore bien vivant et il semblait que rien ne pourrait le chasser. Syrilla avait le sentiment de sombrer dans un enfer où elle n'aurait aucun répit. Elle savait maintenant qu'elle aimait le duc d'une manière différente. Son corps tout entier brûlait pour lui. Désormais, elle ne pourrait plus le voir sans lui crier son amour.

Peut-être, après tout, fallait-il faire ce que la duchesse désirait : lui donner un enfant qui porterait le titre!

Mais comment pourrait-elle supporter d'être approchée, étreinte, alors qu'il vivait dans le souvenir de Zivana!

Zivana! Zivana! Ce nom la hantait. Elle l'entendait constamment dans sa tête. Le vent lui-même semblait le répéter!

Sans s'en rendre compte, Syrilla s'agitait dans son

lit. Elle entendit Marie murmurer à quelqu'un qui se trouvait près de la porte :

– Je crois que Madame a de la fièvre.

Elle sentit son cœur chavirer dans sa poitrine : elle ouvrit les yeux et tourna son regard vers l'homme qui s'approchait.

– Vous êtes réveillée?

Elle tendit les mains vers lui et répondit d'une voix enrouée :

– Je me sens mieux.

– Vous pouvez parler! Oh Syrilla! Vous pouvez parler!

Il était très heureux de voir qu'elle allait mieux. Elle tenait toujours sa main, comme une source de vie nécessaire à son rétablissement.

– Je... je vais bien, articula-t-elle, et vous... vous êtes sauvé.

– Je vais très bien, répondit-il. Maintenant, il faut que vous vous rétablissiez!

– Je me sens déjà mieux... puisque vous êtes auprès de moi... murmura-t-elle.

## 7

– Je vous en prie, docteur, laissez-moi me lever. Je me sens guérie, maintenant.

Le docteur regarda Syrilla en souriant.

– Votre belle-mère, madame la duchesse douairière, a réussi à me persuader de la laisser aller à Aix-les-Bains bien que je sois d'avis contraire. Et maintenant, c'est vous qui me harcelez!

– Ma belle-mère part en voyage?

Le docteur acquiesça.

– La santé de Mme la duchesse est bien meilleure. Je crois que c'est tout simplement à cause du mariage de son fils. (Syrilla écoutait le docteur sans l'interrompre.) Elle voulait faire cette cure depuis longtemps. Et puis, je crois qu'elle veut vous laisser seuls quelque temps. Elle part demain.

– J'en suis heureuse pour elle.

– Très bien, madame. Je crois que vous n'aurez de cesse que j'accède à votre demande! Vous pourrez descendre pour dîner, mais vous devez me promettre de retourner aussitôt après dans votre chambre et de vous reposer jusqu'à demain. Est-ce bien compris?

– C'est compris, docteur.

Les yeux de Syrilla brillaient et sa voix rendait un son plus gai.

– Vous venez de traverser une dure épreuve, mais vous êtes jeune et il n'en restera rien.

Quand le docteur fut parti, Syrilla s'assit dans son lit et se demanda quelle robe elle mettrait le soir pour dîner avec son mari. Sa maladie les séparait depuis plusieurs jours mais maintenant elle entendait ne plus le quitter. Elle craignait qu'il ne trouvât le château trop vide et trop triste et qu'il eût envie de retourner à Paris.

Au fur et à mesure que se rapprochait l'heure du dîner, son envie de le revoir, de lui parler, se faisait plus intense. Maintenant qu'elle était sûre de l'aimer, les instants qu'il passait auprès d'elle lui paraissaient trop courts. Elle faisait mille efforts pour ne pas céder à son désir de l'enlacer et de lui dire tout de suite l'amour qu'elle avait pour lui. Marie entra et brisa sa rêverie.

– Le docteur a dit que vous pouviez vous lever et descendre pour dîner, madame. C'est une très bonne nouvelle, mais il va certainement insister auprès de M. le duc pour que le dîner soit servi très tôt.

– Je veux dîner tôt, dit Syrilla, pensant qu'après le repas elle pourrait rester un moment avec son mari et qu'ils iraient s'asseoir dans le salon pour parler.

– Quelle robe mettrez-vous, madame? demanda Marie.

C'était un détail qui méritait réflexion et elles en parlèrent pendant un long moment. Quand Syrilla eut pris son bain et fut habillée, elle eut envie de changer de robe. Pourtant celle qu'elle portait ne pouvait mieux lui convenir. C'était une robe de tulle rose, faite avec toute l'habileté des couturiers parisiens. La jupe s'évasait largement à partir de la taille, et l'étroit corsage révélait les courbes gracieuses de sa poitrine.

– C'est ravissant, madame, s'exclama Marie. C'est la plus jolie robe que j'aie jamais vue.

Syrilla sourit en songeant qu'elle recevrait peut-être le même compliment de son mari qui avait côtoyé à Paris les femmes les plus élégantes. Il fallait absolument trouver le moyen de dissimuler les marques qui subsistaient sur son cou.

Son coffret à bijoux renfermait de nombreux colliers de perles et de diamants. Certains lui avaient été offerts en cadeau de mariage, d'autres appartenaient à la famille de Savigne. Mais elle les jugea trop lourds et pensa qu'ils ne feraient qu'attirer l'attention sur ce qu'elle voulait dissimuler.

Marie eut une idée! Elle l'aida à confectionner un petit ruban, ce qui fit un ravissant collier. Les fleurs lui rendirent par contraste un peu de son teint frais et doré. Elle choisit enfin de ne porter aucune autre bague que son alliance.

Après un dernier regard dans le miroir, elle s'avança vers la porte.

– Madame dormira-t-elle dans sa chambre?

Syrilla hésita quelques instants.

– Oui, ce serait préférable. Je suis certaine que M. le duc préfère dormir dans son lit.

Le fantôme d'Astrid n'allait-il pas hanter la chambre? Allait-elle revivre ces instants terribles où elle avait vu apparaître la silhouette gigantesque dans l'encadrement de la fenêtre? Elle se dit enfin qu'elle était stupide et qu'elle n'avait aucune raison d'avoir peur. D'ailleurs son mari serait dans la chambre voisine et si elle l'appelait, il viendrait aussitôt. Cependant elle se promit de ne recourir à son aide qu'en cas d'extrême nécessité.

Elle descendit lentement au salon où le duc attendait, adossé à la cheminée. Ils étaient seuls, face à face. Syrilla sentait son cœur battre de plus en plus vite sous l'effet d'une grande émotion.

– Etes-vous certaine de pouvoir déjà vous lever?

– Absolument certaine. Je voulais me lever dès hier, mais le docteur ne me l'a pas permis.

– Il a suivi, en cela, mes recommandations. Vous devez encore vous reposer quelques jours.

– Je crois que vous avez raison, ce serait plus sage.

Elle avait l'impression que leurs cœurs tenaient une autre conversation que leurs lèvres. Une onde étrange passait entre eux et lui procurait une sensation nouvelle et merveilleuse. Il lui offrit son bras et la conduisit vers la salle à manger. Pendant le repas, le duc parla de ses propriétés, de ses projets pour les vignes et de la visite qu'il avait faite à Tauxise dans l'après-midi.

– Sont-ils heureux maintenant? lui demanda-t-elle.

– Dieu merci, je n'ai jamais rencontré de gens aussi satisfaits et c'est à vous que je le dois. Les hommes travaillent à l'arrachage des vignes, les femmes cousent et lavent et les enfants sont propres et bien nourris.

Syrilla sourit :

– Ils avaient bien besoin de cela!

– Je leur ai promis que vous iriez leur rendre visite dès votre rétablissement. Ils parlent de vous comme d'une sainte que le ciel leur aurait envoyée.

– Mais je ne suis pas une sainte, protesta-t-elle. J'ai éprouvé beaucoup de gêne lorsque cette femme s'est approchée de moi pour toucher ma robe.

– Vous avez fait un miracle et cela, ils ne l'oublieront jamais. Quant à moi, je vous suis reconnaissant de m'avoir averti de cette situation.

Syrilla rougit et baissa les yeux. Alors, le duc s'efforça de parler d'autre chose jusqu'à la fin du repas.

Ils retournèrent au salon et, pour retarder le moment d'aller se coucher, Syrilla s'approcha de la fenêtre ouverte et regarda le jardin.

Il était encore tôt et le soleil commençait seulement à descendre derrière les grands arbres du parc qu'il embrasait. Le spectacle était si beau, si grandiose, qu'elle retint son souffle.

– Existe-t-il un endroit plus beau que celui-ci? murmura-t-elle.

– Je me suis souvent posé la question. Syrilla, je... voudrais vous parler.

Persuadée qu'il allait lui annoncer son départ pour Paris, elle se tourna vers lui.

– Le soir de notre mariage, vous m'avez dit que vous aviez entendu quelqu'un mentionner l'existence d'une pièce secrète.

– C'est vrai. C'est bien ce que j'ai entendu.

– Vous avez cru alors que c'était une chapelle dans laquelle j'avais enfermé mon cœur à jamais.

– C'est vrai. C'est bien cela.

– Je veux que vous m'accompagniez dans cette pièce, afin de voir ce qu'elle renferme. C'est en fait une chapelle consacrée à mon amour.

Syrilla se sentit soudain pétrifiée. Elle avait l'impression que ce n'était plus du sang qui coulait dans ses veines, mais de l'eau glacée. Elle essaya de dire quelque chose, mais aucun son ne sortit de sa bouche.

– Voulez-vous venir avec moi maintenant? lui demanda-t-il d'un ton grave.

Elle acquiesça en silence, le duc prit une clé sur le secrétaire et ils sortirent.

Syrilla se demandait ce que cela signifiait.

Pourquoi voulait-il lui montrer cette pièce consacrée au souvenir de Zivana? Elle qui avait tout fait pour l'oublier depuis leur mariage! Peut-être allait-il lui parler encore de Zivana et lui dire que son souvenir ne le quittait pas?

Il veut se débarrasser de moi, pensa-t-elle. Elle ressentit au cœur une douleur insoutenable tandis qu'ils montaient en silence le grand escalier.

Il la précéda dans les interminables couloirs qui conduisaient à une partie du château qu'elle ne connaissait pas.

Ils montèrent un autre escalier et elle comprit qu'ils allaient dans l'une des tourelles. Arrivés en haut, ils se trouvèrent sur un palier, devant une porte unique. Il tendit la clé à Syrilla et se mit de côté. Elle la prit sans le regarder mais il lui sembla qu'elle était incapable d'accomplir le geste qu'il attendait d'elle. Toute la jalousie qu'elle ressentait pour la défunte l'envahit soudain. Elle se mit à trembler, prise d'une peur indicible. Comment pourrait-elle lutter contre l'influence d'une femme qui, neuf ans après sa mort, occupait tant de place dans le cœur de son époux?

Elle rassembla tout son courage et introduisit la clé dans la serrure. Elle hésita encore quelques instants, puis elle ouvrit la porte.

Tout d'abord, la grandeur de la pièce l'étonna. Le soleil entrait par les fenêtres ouvertes, mais ce n'était pas la seule lumière qui l'éclairait. De part et d'autre d'un tableau, deux immenses cierges brûlaient dans des chandeliers d'or. Dans de grands vases, lys roses et œillets emplissaient la pièce de leur parfum. Elle avança lentement vers le tableau et quand elle en fut à moins d'un mètre, elle s'aperçut qu'il ne s'agissait pas du portrait d'une inconnue, mais du sien!

C'était celui que son père avait offert au duc avant leur mariage. Elle resta un long moment à le regarder, sans dire un mot. Alors, elle tourna vers le duc des yeux étonnés.

Il se tenait debout tout près d'elle, et lui dit :

– Vous vouliez savoir ce que renfermait cette pièce?

Syrilla mit un moment à comprendre et soudain, son cœur se mit à battre à un rythme accéléré. Elle sentit une douceur inhabituelle l'envahir comme le duc disait d'une voix grave :

– J'ai beaucoup de choses à vous dire, Syrilla. Asseyez-vous.

Après lui avoir adressé un regard perplexe, elle choisit une chaise tout près d'elle et s'assit. Il lui semblait que ses jambes ne pouvaient plus la porter.

Elle était très troublée. Ce qu'il venait de lui dire, la lumière qui régnait dans la pièce, son portrait, étaient autant de détails bouleversants.

Le duc s'avança vers une fenêtre et s'accouda sur son appui.

– Vous avez entendu dire le jour de notre mariage que j'aimais une ballerine appelée Zivana Mezlansky et qu'après sa mort, j'avais fait apporter ici tous ses effets personnels pour les mettre dans une chapelle à sa mémoire...

En disant cela, il ne semblait pas s'adresser à Syrilla, mais plutôt à son portrait.

– C'est en effet ce que j'ai entendu.

– Eh bien, c'était vrai. J'avais vingt et un ans quand j'ai connu Zivana. C'était la danseuse la plus exquise et la plus belle que j'aie jamais connue. (Il pinça les lèvres.) Je suis tout de suite tombé amoureux d'elle, ou plutôt, j'ai été fasciné comme un aristocrate peut l'être par une jeune fille appartenant à un monde très différent du sien.

Syrilla joignit les mains et sentit pénétrer en elle toute la douleur qu'exprimait la voix d'Aristide.

– J'avais connu peu de femmes avant elle, et aucune n'avait eu la vie de Zivana. Je l'imaginais tellement parfaite, que je voulais l'épouser sans plus attendre. (Il retint sa respiration un instant.) Je voulais qu'elle vienne vivre avec moi, ici, à Savigne.

Syrilia se demandait pourquoi il lui donnait tant

de détails. Elle savait que cette évocation du passé le torturait.

– Zivana trouva alors plusieurs prétextes pour retarder notre mariage et elle devint ma maîtresse, bien que cela ne fût pas compatible avec la grandeur et la pureté de notre amour.

Il s'interrompit un instant, puis ajouta avec une rancœur à peine dissimulée :

– J'étais un imbécile, Syrilla, un ignorant, un blanc-bec qui ne savait rien de la vie! (Sa voix retentit curieusement dans la pièce.) Zivana m'a fait attendre : elle promettait de m'épouser à l'expiration de son contrat avec le théâtre alors qu'elle venait juste de prendre un nouvel engagement. Ce n'étaient que promesses, excuses et attente. J'acceptai ces conditions car je ne pouvais faire autrement.

Le duc demeura silencieux quelques instants, et sembla réfléchir. Enfin, il reprit :

– Comment pouvais-je savoir que tout n'était que mensonges. Je les acceptais sans poser de questions! Comme j'étais crédule! (Syrilla fit un geste d'apaisement.) Vous connaissez la suite. Je l'ai retrouvée, morte dans sa loge, étranglée par Astrid.

– Cela a dû être terrible, pour vous, murmura-t-elle.

– Il me semblait que j'avais perdu la raison. Je me reprochais d'avoir tardé à quitter la salle après la représentation. Si j'étais arrivé plus tôt dans sa loge, j'aurais pu la sauver, la soustraire aux mains de son meurtrier.

– Saviez-vous alors qui était l'assassin?

– L'un des acteurs avait vu Astrid sortir de sa loge. Sa disparition après la découverte du corps l'accusait de façon certaine.

– Mais, il a été retrouvé?

– Six mois plus tard seulement. Pendant cette période, j'ai porté le deuil de Zivana comme s'il s'agissait de mon épouse.

Tout au long de cette conversation, le duc n'avait pas osé regarder Syrilla. Et celle-ci croyait toujours qu'elle ne pourrait jamais remplacer Zivana dans son cœur.

– Enfin Astrid fut retrouvé et capturé, continua le duc, très vite, comme s'il était pressé d'achever son récit. Le procès eut lieu et c'est alors que j'appris la vérité.

– La vérité?

– Il était l'amant de Zivana, et c'était lui qu'elle aimait.

– Oh... Non!

– Les lettres qu'elle lui écrivait furent lues à l'audience. Les révélations qu'elles contenaient étaient cruelles : elles parlaient d'une Zivana qui n'était pas celle que je croyais connaître. Elles évoquaient une sauvageonne venue de Russie, attirée par un homme vil et brutal qui traitait la femme comme un objet sans valeur.

Il dit cela avec tant d'amertume que Syrilla en fut navrée pour lui. Ce qu'elle ne savait pas, c'est qu'il entendait encore dans sa tête la voix du juge qui lisait les lettres de Zivana, des lettres dont chaque mot donnait à Astrid des circonstances atténuantes.

C'étaient des lettres passionnées, brûlantes, chargées de désir violent, qui tenaient en haleine le public de la cour d'assises, tandis que le duc humilié et traîné dans la boue se dissimulait dans l'assistance. Dans ses débordements, Zivana allait même jusqu'à mentionner son nom :

« Aristide est jeune et ne sait rien de l'amour, écrivait-elle. Mais il est riche et nous avons besoin d'argent. Songe à mon supplice d'être avec lui quand je devrais être avec toi, mon amour! Je lui mens et quand je suis dans ses bras, ma seule préoccupation est de savoir avec qui tu es, ce que tu fais à ce moment précis. C'est toi seul que je veux, c'est pour toi que mon corps tout entier se consume, mon unique amour! »

Il y avait eu de nombreuses lettres semblables à celle-là. Des lettres écrites par une femme dont la passion sans réserve la faisait passer du désespoir le plus sombre à l'exaltation la plus folle. Les lettres avaient aussi révélé qu'Astrid la battait par jalousie.

Elle l'aimait profondément, mais comme elle se plaisait à le répéter :

« Le duc est riche et je ferai tout ce que je peux pour lui soutirer l'argent dont nous avons besoin. »

Cet argent n'avait pas suffi à atténuer la jalousie d'Astrid. Dans un accès de colère, au cours d'une violente dispute, il l'avait étranglée. Le jugement s'était fait attendre et, pendant ces jours qui paraissaient des siècles, le duc avait connu un véritable enfer.

Quand le verdict fut rendu : « crime passionnel », Aristide se transforma brusquement en un homme amer et cynique. Le nom prestigieux qu'il portait venait d'être traîné dans la boue.

Le duc tournait le dos à Syrilla et regardait sans voir par la fenêtre.

– Je ne vais pas vous raconter ce qu'a été ma vie à Paris au cours de ces huit dernières années, vous ne comprendriez pas.

Il se tut quelques instants, puis reprit :

– Vous devez cependant savoir que j'étais loin de me consacrer à la noble mission dont vous me croyiez investi. Au contraire, je commettais les pires excès. J'avais été blessé et je voulais blesser. Dès ce moment, j'ai voulu me venger de Zivana. Je haïssais profondément toutes les femmes dont je m'appliquais à faire la conquête. Elles n'étaient pour moi que des êtres méprisables et quand je parvenais à briser leur vie, quand elles étaient vraiment malheureuses, cela me procurait une intense satisfaction. J'étais définitivement meurtri. Du moins le croyais-je, et je voulais les entraîner dans mon enfer.

Il parvenait à peine à cacher son chagrin et Syrilla souffrait pour lui.

– Ma conduite salissait le nom de ma famille, continua-t-il, cependant je me moquais de ceux qui m'en faisaient la remarque. (Il respira profondément.) Personne ne vous aurait dit la vérité, Syrilla. Sachez cependant que j'étais devenu un être bas et bestial, un débauché!

Il s'accusait de façon pathétique et la jeune femme en avait les larmes aux yeux.

Il se tut un instant puis reprit :

– Lorsque ma mère m'a demandé de me marier

pour assurer la succession du titre, je lui ai dit que je me refusais à choisir moi-même ma future épouse. Mon intention était de passer une nuit ici, une nuit seulement, et de retourner ensuite à mes turpitudes.

Syrilla retrouva un peu sa voix. Elle lui demanda timidement :

– Mais alors... pourquoi ne l'avez-vous pas fait?

– Parce que vous étiez bien différente de celle que j'avais imaginée. Parce que... vous sembliez croire en moi, parce que vous me rendiez les rêves que je croyais définitivement perdus. Des rêves qui me parlaient d'une femme innocente et pure, capable de donner à un homme tout l'amour du monde.

– Et puis? demanda Syrilla.

– Et puis, votre cœur m'a capturé! J'ai pourtant essayé de me débattre. J'ai essayé de rejeter tout ce que vous représentiez, tout ce que vous êtes. Mais quand je vous ai vue lutter pour échapper aux mains d'Astrid, quand je vous ai prise dans mes bras croyant que vous étiez morte, j'ai compris que j'avais perdu.

Comme Syrilla se taisait, il continua :

– J'avais compris à ce moment-là que mon amour pour Zivana n'avait été que l'engouement d'un jeune homme sans expérience pour une maîtresse plus mûre que lui. Ce que j'éprouve pour vous, Syrilla, est bien différent. Je vous aime comme un homme, de tout mon cœur et de toute mon âme... si j'en ai encore une! (Il accompagna ces paroles d'un geste de la main.) Vous êtes toute ma vie, rien d'autre ne compte que vous. Personne ne peut être plus parfait. Hélas, je sais que je suis indigne de vous, Syrilla.

Elle voulut protester, mais il ne lui en laissa pas le temps.

– Après ma conduite inqualifiable au cours de ces dernières années, je ne suis pas certain que mon rachat soit possible. (Le ton de sa voix se fit alors plus passionné.) Syrilla, je veux que vous deveniez mon épouse, je le désire intensément. Mais que puis-je vous offrir? Je ne suis plus le chevalier dont vous avez rêvé! Je ne suis même pas certain que mon amour pour vous soit pur car je suis devenu un être abject, définitivement souillé.

Il respira profondément et lui lança comme un défi :

– La décision vous appartient. Prenez-moi tel que je suis, j'essaierai de devenir meilleur. Je ne veux rien vous cacher de ma personnalité. Si vous étiez tout à fait raisonnable, vous vous éloigneriez de moi, comme d'un être avec lequel vous ne pouvez rien partager. C'est à vous de décider.

Sa voix s'éteignit et un lourd silence se fit dans la pièce. Syrilla ne bougeait plus et le duc retenait sa respiration. Alors, elle s'approcha de lui et, d'une toute petite voix, lui dit :

– Pouvez-vous me dire pourquoi, le soir de notre mariage, vous n'avez pas fait de moi votre... femme?

– C'était pourtant mon intention, mais j'ai été surpris par ce que vous m'aviez dit. Je ne trouvais pas les mots pour vous répondre. Et quand je suis entré dans votre chambre, vous étiez en prière. Je n'ai pas voulu troubler cet instant de pureté!

Syrilla respira longuement et lui dit :

– C'est ce qu'aurait fait le chevalier en qui je croyais. Mais si votre amour pour moi est... différent, le mien l'est aussi.

Le duc écoutait attentivement, mais il ne répondit rien. Après un court silence, Syrilla dit doucement :

– Maintenant, je vous aime comme l'on doit aimer un homme et non plus comme le chevalier de mes rêves! Je vous aime, Aristide, et je veux que vous fassiez de moi votre femme... si vous voulez de moi, bien sûr!

Le duc se retourna.

– Si je vous veux? Je vous désire intensément, Syrilla! Mais avez-vous réfléchi à tout ce que je viens de vous dire?

– Pourquoi devrais-je y réfléchir? Vous avez toujours représenté pour moi ce qu'il y a de plus noble et de plus raffiné. Le passé ne m'intéresse pas. C'est à votre futur que je veux appartenir. Si vous m'aimez autant que je vous aime, nous pouvons être heureux ensemble, ici, à Savigne.

Elle vit alors le regard du duc s'éclairer et elle sentit qu'il se rapprochait d'elle.

– Pensez-vous réellement ce que vous dites, Syrilla? Je vous aime comme je suis certain de n'avoir jamais aimé! Mais il faudra que vous m'appreniez à découvrir les choses dans lesquelles vous croyez et dans lesquelles, autrefois, je croyais, moi aussi!

Il y avait une note pathétique dans sa voix quand il acheva en disant :

– J'ai perdu le goût de vivre, et sans lui, je

crains de ne jamais pouvoir vous rendre heureuse.

– Tout ce que je veux, c'est vous, tel que vous êtes.

Alors Syrilla lui tendit les bras et le duc l'enlaça. Elle leva son visage vers le sien et ils échangèrent un regard plein de douceur et d'amour.

– Je vous aime, je vous adore! lui dit-il tout bas. Aidez-moi à devenir l'homme en qui vous avez toujours cru et qui est indigne de votre amour.

– Vous êtes celui dont j'ai toujours rêvé, celui que j'attendais, murmura Syrilla.

Le duc la serra plus fort dans ses bras et chercha ses lèvres. Il lui donna un baiser très doux, celui d'un homme qui approche avec respect un être sacré.

A l'instant où leurs lèvres se joignaient, une sensation merveilleuse s'empara d'eux. Ils étaient blottis dans les bras l'un de l'autre et leurs corps se fondaient en un seul. Syrilla répondait avec passion aux baisers d'Aristide et sentait brûler en elle un feu ardent.

Elle aurait voulu dire : « Je vous aime, je vous aime », mais elle était incapable d'articuler un seul mot, tant l'émotion lui serrait la gorge.

Le duc la retenait captive mais, dans ce baiser, il se donnait lui aussi et demandait à Syrilla indulgence, protection et amour.

Enfin, il releva la tête de son épouse et la regarda dans les yeux. Les joues de Syrilla étaient rouges de bonheur et son souffle accéléré s'échappait de ses lèvres.

– Vous êtes si belle, chérie, si parfaite. Je vous ai dit que j'étais indigne de vous, pourtant je vous aime tant que je ne pourrai jamais vous rendre votre liberté.

– Mais il y a huit ans que je vous appartiens!

– Comment ne l'ai-je pas compris! Comment n'ai-je pas été capable de me préserver de mes mauvais instincts?

– Peut-être parce que vous avez souffert. Notre amour vous semblera plus précieux et plus merveilleux encore.

Le duc reprit Syrilla dans ses bras.

– J'aurais pu vous perdre! murmura-t-il. Cette brute aurait pu vous tuer. S'il y était parvenu, j'aurais continué à décliner et je serais mort, vaincu par mes excès.

– Nous ne devons pas mourir! Ni vous ni moi. Vous avez encore mille choses à faire dans votre vie. Votre présence ici est indispensable. Vos fermiers ont besoin de vous. Moi aussi j'ai besoin de vous, et je ne vous quitterai jamais!

– Nous vivrons ensemble jusqu'au dernier jour, ma chérie. Vous devrez m'aider à effacer à jamais les erreurs que j'ai pu commettre. Le nom de Savigne retrouvera son prestige puisque vous le portez.

– Nous ferons ensemble tout ce que l'on attend de nous. Mais pour cela, il faut que vous m'aimiez vraiment... complètement.

C'était là le cri d'une enfant qui a besoin d'être rassurée. Le duc l'embrassa tendrement sur le front et lui assura :

– Je consacrerai ma vie à vous dire combien je vous aime et à vous rendre heureuse. Mais pour le moment, ma chérie, il faut observer les recommandations du médecin et aller vous coucher.

– Je veux rester avec vous. Je ne peux plus vous quitter, dit-elle.

Le duc sourit et en approchant ses lèvres des siennes, lui affirma :

– Mais je n'ai pas l'intention de vous abandonner.

Syrilla sentit son cœur chavirer. Puis, comme si elle craignait de n'avoir pas bien compris le sens de sa phrase, elle murmura :

– Vous voulez dire...

– Je veux dire que vous êtes ma femme et mon seul amour. Il n'y aura plus de secrets, plus de barrières, plus de souffrances... plus de prison d'amour! Nous sommes faits l'un pour l'autre et je vous apprendrai à m'aimer comme je vous aime.

– C'est tout ce que je veux, dit Syrilla. Je n'ai cessé de prier pour cela, mon amour.

– Alors qu'attendons-nous?

Il la prit dans ses bras et l'emporta dans l'escalier, laissant la porte ouverte derrière eux.

Editions J'ai Lu, 31, rue de Tournon, 75006 Paris

*diffusion*
*France et étranger : Flammarion, Paris*
*Suisse : Office du Livre, Fribourg*
*diffusion exclusive*
*Canada : Éditions Flammarion Ltée, Montréal*

Achevé d'imprimer sur les presses de l'imprimerie Brodard et Taupin
7, Bd Romain-Rolland, Montrouge. Usine de La Flèche,
le 12 mars 1982
6609-5 Dépôt Légal mars 1982. ISBN : 2 - 277 - 21296 - 2
Imprimé en France